Xiron Poetry Club

磨 铁 读 诗 会

汉语先锋

01

2019诗年选

沈浩波 主编

中国友谊出版公司

出版前言

基于过去四五年对中国当代诗歌创作的持续关注，"磨铁读诗会"以这本《汉语先锋：2019诗年选》来对2019年度当代汉语先锋诗歌的创作情况，做一个整体性的总结。

从本书开始编选时起，我们都更加强调"汉语"这一概念，现在有像维马丁、莫沫、劳淑珍这样的外国人在用汉语写诗，而且屡有杰作，为汉语诗歌注入了特别的元素，因此我们决定更重视"汉语"这个语言概念，而淡化国别概念。"汉语先锋"这个命名表示，在全球范围内，使用汉语写作的诗人，无论是哪国人，无论持哪国国籍，都理应有机会入选本书。

与此对应，以往作为磨铁"诗歌年鉴"重要组成部分的"年度最佳中国诗歌100首"，更名为"汉语先锋·年度最佳诗歌100首"。"磨铁诗歌奖"的设置从这一届开始，也变更为"磨铁诗歌奖·年度汉语十佳诗人"，每年的大奖名称依然是"磨铁诗歌奖·年度诗人"。未来也会如此。

因为疫情，今年的诸多事项仿佛都慢了几拍，《汉语先锋：2019诗年选》的编选工作从4月份才开始启动，我们反复阅读了各位诗人创作或发表于2019年的上千首作品。这是一个不断筛选、不断讨论和裁定的过程。同往年一样，我们依然面对一个庞大的诗歌库：2019年"磨铁诗歌月报"选出的诗作、通过向我们关注的众多诗人进行定向约稿收集到的诗作等等。

历时半年，我们前后开了不下15次编选会，先选出"2019年度汉语最佳诗歌100首"，并以此为重要参照，结合诗人们在2019年的全年写作表现和美学贡献，评选出"磨铁诗歌奖·2019年度汉语十佳诗人"，再最终选出"磨铁诗歌奖·2019年度诗人"。正是这些诗作和写出它们的诗人们，构成了本书的主体内容。

编选的过程，既幸福又痛苦：与2019年度的诸多汉语诗歌杰作的反复相遇，是一种幸福；每一次选诗时，都不得不删除掉一些其实非常优秀的作品，尤其是面对一些很重要的诗人，当我们删掉了他们仅剩的最后一首候选作品时，的确感到非常不舍和痛苦。但无论如何，正是这种严苛的编选过程和选诗标准，让我们见证了每一首诗的精彩，见证了汉语诗歌在2019年呈现的面貌和气象。

说到我们的编选标准，依然是而且只能是：公平公正地对待每一首诗、每一位诗人。

"磨铁读诗会"有对于好诗的绝不动摇的标准。在此标准之上，我们也必须充分考虑美学的丰富性、多样性，考虑诗人的辨识度和独特性。我们永远更欢迎个人化的嗓音。在先锋的向度上，我们也更愿意向那些大胆实验、创造新美学可能的诗歌倾斜。我们将比以往更加拒绝美学的雷同，雷同永远意味着心灵的平庸。

和往年一样，每位诗人最多只能有3首作品入选"2019年度汉语最佳诗歌100首"。本年度共有13位诗人入选了3首，其中有两位是90后的年轻诗人，这既在我们自己的意料之外，又在诗歌发展的情理之中。正所谓生生不息，不进则退，他们至少在这项评选中，战胜了众多大名鼎鼎的前辈。

除上述内容外，本书另收录了两篇创作或发表于2019年的重要诗歌评论文章，分别是批评家、学者胡亮写作的《莽汉俱乐部》，以及诗人、学者赵思运写作的《任洪渊汉语文化诗学的本土性反思兼及任洪渊的诗歌创作》。

持续且有态度地观察、编选和呈现当代汉语诗歌，依然是"磨铁读诗会"的重要工作，我们希望能通过这样的方式，为汉语先锋诗歌提供自由的交流语境和发表展示平台。

磨铁读诗会

目录

磨铁诗歌奖·2019年度诗人

磨铁诗歌奖·2019年度汉语十佳诗人

磨铁诗歌奖·2019年度汉语十佳诗人专访

2019年度汉语最佳诗歌100首

2019年度汉语先锋诗歌资料

磨铁诗歌奖
2019
年度诗人

磨铁诗歌奖
2019年度诗人

王小龙

王小龙，1954年8月生，海南琼海人。诗人，纪录片工作者。1968年开始诗歌写作。出版过诗集《男人也要生一次孩子》《每个年代都有它的表情》《我的老吉普》《每一首都是情歌》。个人纪录片作品有《一个叫做家的地方》《莎士比亚长什么样》等。曾获"磨铁诗歌奖·2018年度十佳诗人"、首届"中国口语诗歌奖·金舌奖"等。现居上海。

授奖词

又到了从"磨铁诗歌奖·2019年度汉语十佳诗人"中，决选出一位"磨铁诗歌奖·年度诗人大奖"得主的时候，每年这都是最难决断的时刻。前三届的大奖得主分别是茗欢、马非和盛兴。在经典性写作和先锋性写作之间，"磨铁诗歌奖"选择先锋，在更资深的诗人与相对年轻的诗人之间，"磨铁诗歌奖"往往倾向于年轻。对"磨铁诗歌奖"来说，年度诗人的选择，不仅仅是对诗人这一年度诗歌整体水准的判断，更重要的是，这个选择将体现我们在诗歌美学和诗歌意义上的立场与倾向。

因此，"磨铁诗歌奖·年度诗人大奖"充满了主观性，我们需要穿透"年度十佳诗人"的文本，提取他们每个人所代表的诗歌价值和意义，并选择我们在这一年最想标举的价值。

"磨铁诗歌奖·2019年度汉语十佳诗人"中，有生于上世纪50年代的诗人两位，生于60年代的诗人两位，生于70年代的诗人三位，生于80年代的诗人一位，生于90年代的年轻诗人两位。那么，在资深诗人与年轻诗人之间，我们依然要倾向于更年轻的诗人吗？

不，这一届，在"十佳诗人"揭晓后，我们就已经放弃了这个念头。三位诗坛老将：出生于1961年的陈克华，出生于1955年的欧阳昱，出生于1954年的王小龙，在2019年所表现出的惊人的活力、旺盛的创造欲望、丰富的美学，令我们放弃了这一念头，他们甚至比年轻的诗人们更有活力，人生亦赋予了他们强悍的生命张力。

本届的"磨铁诗歌奖·年度诗人大奖"，将标举这种经历过岁月淬炼的生命意志。真正杰出的诗人，应该拥有这样的意志和活力，越写越好，老而弥坚，岁月的每一道痕迹，人生的每一次经历，都更构成其生命的丰富与心灵的开放。而不是相反，而不是早衰，而不是沦为被时间车轮碾压的活尸体，而不是沦陷为庸俗与世故的死魂灵！何其难哉，汉语诗歌的过往，漫天都是这种未老先衰的死魂灵！何其幸哉，如今的当代汉语诗界，先锋派的老战士们正一个个挺身而出，越战越勇！

最终，在陈克华、欧阳昱和王小龙之间，我们决定，将"磨铁诗歌奖·2019年度诗人大奖"颁发给他们中年龄最大的、在诗歌中体现出强硬生命气质的、最具人生感的王小龙先生。

年轻时才华横溢，俊逸潇洒，而今人生丘壑化为诗中的铁笔金钩，岁月积淀塑造不可磨灭的强硬意志。生而为诗人，理应如此，无非如此。

祝贺王小龙先生。

磨铁读诗会

沈浩波执笔

北火车站

煤块能让人闻出新鲜

它们豆蔻年华地等待出发

每一块都在使劲叫喊

即使在一个毫无指望的阴天

写下这标题，不由分说

扑将上来的是那些年

北火车站的那些气味

比如车头制造的白色水雾

是一头黑色怪兽喷出的口臭

比如月台下的轮轨之间

散发出钢铁冷却下来的余腥

枕木们被柏油涂得乌黑

一根根士兵似的排列过去

你踩着它们奔跑

鞋底沾上无法抵赖的证据

机油的气味

油漆的气味

短途或长途的列车

上车或下车的旅客

人人来到这里都那么性急

汗液、饱嗝和咒骂一起

挤出车窗和车门

一站站消耗烧酒和食物

烧鸡，红肠，大蒜

馒头，烙饼，榨菜

我饿了

龙胖我们回家吧

哦哦永远的是尿骚味

沿着轨道六亲不认地排放

被车轮卷起的狂风吹散

你看路基上的石碴儿

一年年被淋得焦黄发黑

而进站不久的车头

卸下最后一批消化不良的煤屎

它们被水浇湿，汗津津的

瘫倒在一场马拉松的终点

屎壳郎和西西弗

我才知道屎壳郎滚粪球

是身体反转过来

以一种健身房姿态

用后腿蹬动粪球

这是一部自然类纪录片

七个世界，一个星球

老爷子爱登堡解说

他九十三岁了

还那么智慧

那么有趣

不，我要说的是屎壳郎

它把粪球踹上土坡的样子

竟让我想到西西弗

推动大石头上山

我甚至在想

假如西西弗也头脚颠倒

会不会省力一点

我知道这未免不敬

对西西弗

对加缪

对所有爱好这神话的偏执狂

我亲爱的朋友

干杯

纪念日

所有的纪念日

都是猝不及防的门铃

一只不怀好意的手
摁着，却不见人影

纪念日不是节日
不过长得有点像
你去敬老院看看
都老成一个模样

只要活得够久
差不多每天都是纪念日
一只不怀好意的手
在抠那些疤痕

助听器

下半夜了
睡不着
想吃一粒复方枣仁胶囊
摇了摇药瓶
有动静
拧开盖子才发现
里头藏着老太太的助听器
还是丹麦声

以后我也用得着吧

戴上试试

听见秋风吹过

树叶纷纷飘落

有一声野猫哀鸣

接着是卡车轰隆隆开过

为什么没听到您的埋怨

我有点纳闷

磨铁诗歌奖
2019年度
汉　　语
十 佳 诗 人

磨铁诗歌奖
2019年度汉语十佳诗人

艾蒿

艾蒿，1982出生于陕西汉中镇巴，现居重庆。1999年开始诗歌创作，诗歌作品曾入选《新世纪诗典》《新大陆诗刊》《新西兰诗歌》《中国口语诗选》《当代诗经》等刊物，部分作品被翻译成英、德、俄、韩语。曾荣获长安诗歌节第五届"唐·青年诗人奖"、第八届"NPC李白诗歌奖·文化奖"。

授奖词

　　艾蒿以《比赛》《我所拥有的》《我的世界》三首诗歌满额入选"磨铁读诗会"的"汉语先锋·2019年度最佳诗歌100首"。

　　在80后一代中，艾蒿看似不显山不露水，但却早已被真正懂行的诗人寄们予厚望。事实上他已经是这一代中真正的佼佼者。

　　艾蒿是那种纯正的诗人，他也正在塑造一个独属于他自己的纯正的诗人形象：纯粹、干净、坚定、透明。

　　因其心灵纯粹，故而擅写心灵之诗，写于2019年的《我所拥有的》《我的世界》《安慰》《愿望》均属此列，他是能听到心灵深处微弱风暴的诗人，并以干净而坚定的语言将其呈现。

　　也故而艾蒿擅写纯诗，他有高超的提纯能力。《比赛》和《武器的证词》正是这样的诗歌。尤其是《比赛》，堪称纯诗经典。

　　艾蒿也确实是一种经典向度上的诗人。他拥有属于自己的嗓音和清晰可辨的个人美学。

　　为此，我们评选艾蒿先生为"磨铁诗歌奖·2019年度汉语十佳诗人"

磨铁读诗会

沈浩波执笔

艾蒿受奖词

谢谢"磨铁诗歌奖"赠予的这份殊荣，我对此格外珍惜，不仅仅因为它是当下中国诗坛仅存的几个干净而严肃的诗歌奖之一，要知道，我和沈浩波早在十几年前就因为诗歌观念的分歧，骂过架，结下过梁子，所以他对我不吝赞美的授奖词，让我更加感受到"磨铁诗歌奖"的专业性和纯度，也因此备受鼓舞。

在我的诗歌生涯中，高光时刻少之又少，鉴于以后可能再也没有什么机会获得比较有影响力的诗歌奖，所以借此机会，在我38岁生日这一天，宣布对我个人来说非常重要的另一个身份。在我的人生中，有两次极为重要的人生飞跃：第一次是走上现代诗的创作道路，诗人的身份让我不再自卑，我可能仍然孤独，但是可以骄傲地活着。第二次飞跃就是现在，因为某些原因，我成为了一名女权主义者，这让我变成了一个越来越完整的人。

我眼中的女权主义者即是主动追求男女平等的人，他们挑战诸如生育权、教育权、家庭暴力、产假、薪资平等、性骚扰、性别歧视与性暴力等等议题。女权主义探究的主题包括歧视、刻板印象、物化（尤其是关于性的物化）、身体、压迫与父权。

几乎绝大多数诗人都认为自己拥有人文主义精神，追求自由、平等和解放，但他们很少真正意识到男女平等的重要，在我们这个自古就男尊女卑、女性安全指数极低的社会，谁都不要傲慢地宣称自己没有厌女情绪。即便如此，很多人（尤其男性）一辈子都不会承认自己有性别歧视，他们的善良可以共情战争中每一个逝去的生命，可以共情弱小的动物、老弱病残，却无法共情自己身边正时刻遭受不公的女性。女性永远是我们眼中的他者。即便在法律的庇护下，她们的处境从来也没有真正好过，除非成为一名"完美"的受害者，她们才有望得到一点早就迟到的公正。

所以，就算是为了让我们成一名真正意义上具有人文主义精神的诗人，在对待女性的问题上，我们也很有必要重新审视自己，反思、觉醒，然后去弥补。成为女权主义者并不会让我们变得更极端，而是让我们更开阔、坦然、充满力量，因为我们在真正践行人人平等的理想。

当然，我不会像传教士那样见到一个人就不厌其烦地要拉她（他）入伙，但我绝不会对各种充斥着性别歧视的诗歌创作和行为视而不见，我会变得有攻击性，虽然我会尽量克制自己，尽量以温和的方式告诉他们。我无意成为诗坛女权主义的领头人，但我愿意成为拿着火把点亮这星星之火的一员。

再次感谢"磨铁读诗会"！最后，用两句我写的短诗来作为结束语，并作为一名诗人和女权主义者在这条荆棘之路上的宣言和觉悟："一条鱼在寻找/污染了这条河的真相"。

2020|09|16

比赛

两个乒乓球台
正打球的四个老头
突然聚成一堆
摘下各自的手表
比谁的时间
走得最准

我所拥有的

在这人烟稀少
寒冷又广袤的土地上
只有大地与我耳语
如果你不能与我
分享孤独
就不要打扰我的孤独
它离愤怒仅有
一步之遥

我的世界

我还远不够完整
所以在这里
所以此时
我心怀虔诚
在异域金色穹顶的
钟声下
我长出了翅膀
那是我的身体本来就
应该拥有的部分

安慰

照顾我几次
大手术后
父亲似乎得其门道
在老家的医院
当上了护工
收入不错
但他依然不忘
遗憾地念叨
如果他要是有些文化

就更好了
这次我换了一种方式
安慰他
爸，你看看我

武器的证词

你知道
俄罗斯的大海
是什么颜色
停靠在涅瓦河上的军舰
涂着真实的答案
灰中泛蓝

愿望

我帮一只
拖着饭粒的蚂蚁
越过一截树枝
希望它对于我的帮助

会感到温暖

而非觉得这是

神迹

磨铁诗歌奖
2019年度汉语十佳诗人

陈克华

陈克华，诗人，眼科医生，1961年出生。大学时代曾参与"北极星诗社"，并任《现代诗》复刊主编。曾获《中国时报》新诗奖、《联合报》文学奖诗奖、中国新诗学会"年度杰出诗人奖""文荟奖""台湾年度诗人奖"等奖项。出版有诗集、小说集、散文集、剧本、影评等超过50册，并有诗集被翻译成英文、日文、德文、韩文出版。曾应邀出席法兰克福书展、香港国际诗歌节、北京世纪坛中秋诗会等文化活动。近年更从事视觉艺术创作，举办多次个人展览。

授奖词

台湾诗人陈克华以《手机》《至神秘》《这时代》三首诗歌满额入选磨铁读诗会的"汉语先锋·2019年度最佳诗歌100首"。

对于大陆诗坛来说，陈克华是熟悉的陌生人。说熟悉，乃因提起台湾中生代诗歌，不可能不提及陈克华；说陌生，是因为新世纪以来，两岸真正有创作活力的先锋诗人之间的交流日渐稀少，大陆70后以降的诗人，不知陈克华久矣。

不知陈克华，乃是对当代汉语诗歌的重大无知，就如同不知纪弦乃是当代意义上的汉语现代诗鼻祖一样。两岸诗歌，终究并未汇拢，而是各行其是，难免造成诗歌史意义上的常识之欠缺。

2019年，陈克华通过微博和微信重新进入大陆诗人的视野。对陈克华有一定认知的诗人，惊诧于其至今仍然量大质高，创造力越发高昂；不熟悉陈克华的年轻诗人，则惊讶于汉语诗歌在彼岸另有高峰。

陈克华写得多，看似随心所欲，但若甄选出其杰作，自可见其法度之森严。2019的《手机》《至神秘》便是其中之典范。《至神秘》一诗，构成汉语当代诗歌的某种巅峰体验。

陈克华触及题材之广泛，写作方式之丰富，诗歌意志之自由，创作力之活跃，皆为当代之罕见。2019年的陈克华，杰作纷呈。

为此，我们评选陈克华先生为"磨铁诗歌奖·2019年度汉语十佳诗人"。

磨铁读诗会

沈浩波执笔

陈克华受奖词

2019年是我接触口语诗的一年。口语诗所标榜的"事实的诗意",在某种程度上,为我长久以来诗创作的困境,提出两个解决之道。一是"诉说"方式。因为在台湾写诗,感觉最终总脱离不了语言的问题——新诗并非由日常语言孵化,而是从无数阅读当中提炼压缩而成,诗诗近亲相交,成了走不出的循环。语言鲜活富生命力的口语诗,于我无异一记当头棒喝。二是直面"事实"。这对一向以文字想象力和象征能力自诩的我,又是一项高难度的挑战。从口语诗最好的作品当中,我看到又一个诗意的巅峰的可能。那是缪斯朝我展示的全新的星光,或将统领未来整个宇宙夜空。

我于2019年跨出了口语诗的一小步,一年的创作为时尚短,感谢主办方的谬爱,颁给我这样重要的奖项,在如许郑重的注视当中,我怎么能不继续朝"事实"的深处出发?

2020|09|24

手机

好久没出现的李小潼

出现在群组里

送来了讯息：你们那边

有下雨吗？

这里大雨倾盆——梁大志回他：

没有啊，昨天晚上就停了。

群里有人问：李小潼

你不是已经死了吗？梁大志

都已经死了那么久了。

刹时我手中的手机

化作黄纸

一捏

就碎了。

至神秘

宇宙间再没有比排卵这件事

更神秘的了——
因为之后
可能

生殖——因此
也没有比一个女人
心甘情愿让她巢中的卵
受孕
这件事更神秘的了——

——那时整个宇宙缩小
纳须弥于芥子般
成形为一颗小小的受精卵
而它将长成一个宇宙

而它将改变命运的宇宙——
全宇宙再没有比这更神秘的事了
像满月的潮汐里
上岸产卵的海龟，静默地
把月光埋进午夜的沙滩——如果

这些都不神秘，不再神秘，不能神秘
那我们人类就会被无情地掘出
在烈阳下
曝晒
至死。

这时代

我喜欢看男人
自在跷起二郎腿
抽烟时
眉头微皱

我喜欢看女人
俯首低眉
旗袍领
耳下珍珠微荡

从前这叫懂得欣赏
现在这叫性别歧视

完整

世上没有残缺的爱情。从来没有。
爱情从来就是完整显现——

当命运的灵光一闪
照亮爱丑陋的原貌

那么惊心动魄的一刻
它仍然是完整的
包括它先天的脆弱和戛然
而止——

爱的不告而别。一如
此刻你独自坐在回家的地铁上
窗外的事物不断

呼啸而过
你看到你的脸不断被经过
不断被速度带走

然而
同时又是
那么的完整。

好人地狱
——通往地狱的路是由善意铺成的。（哈耶克）

我们怀抱善意
我自以为满怀善意
来到被善意的风所蚀透的世界

的悬崖边缘——我们以为

我们已经对世界释出我们的善意
大量甜甜的善意，为什么
我们费心烹调
端至每个人面前的
人间仍是苦的——

"为了全人类的福祉……"我们作文章
习惯性这样结论
夸言成为更好的人，信誓旦旦
要为人群带来幸福

尽管如此善意
这世界依然一步步向地狱
拖着奋力成为好人的我们
一起，步向地狱——

我们释出的善意迅速被阴天
荫凉的古墓吹出的风稀释
我们立在世界美好的悬崖边缘
感觉这世界精心成就的核就要瓦解

我们看见自己纷纷被吹落
我们飘起来，事实上
是坠落，我们

看见我们的善意辅成第十八层地狱

的地板——

而我们跌破善意继续向下坠

第十九层

叫作

好人地狱。

幻想

我们幻想在冰箱里做一块冰

海平面就会下降一寸

我们少买一件衬衫

雨林便会多出一棵树

我们少喝一瓶矿泉水

便能救活一只贪吃的海龟

我们少吃一块牛排

臭氧层就少一个破洞——

我们幻想在心底说：我爱你

地球上就有一个人听见

侯马

磨铁诗歌奖

2019年度汉语十佳诗人

侯马，1967年生于山西曲沃。1985至1989年就读于北京师范大学中文系，文学学士。1996至1999年就读于北京大学法律系，法学硕士。1989年开始现代诗写作。出版诗集有：《顺便吻一下》《精神病院的花园》《他手记》《大地的脚踝》《侯马诗选》等。曾获《十月》"新锐人物奖"、《诗选刊》"中国先锋诗歌奖"、《人民文学》"年度青年作家"、首届"天问诗人奖"、第四届《新诗典》"李白诗歌奖·金诗奖"、第四届"葵·现代诗成就大奖"、第六届"长安诗歌节·现代诗成就大奖"、2015年"腾讯书院文学奖·年度作家奖"、"磨铁诗歌奖·2017年度中国十佳诗人"等奖项。

授奖词

　　诗人侯马以《圣诞夜》《烟》《衰老》3首诗歌满额入选"磨铁读诗会"的"汉语先锋·2019年度最佳诗歌100首"。

　　侯马已经成为当代汉语诗歌中最经典的诗人之一。2019年，他入选年度最佳诗歌100首的3首诗，恰好集中在其诗歌品质的一个向度：隐忍的抒情，在情感与理性之间、主观与客观之间，构成巨大的诗歌张力。

　　侯马的诗歌，在精神气质上，融知性、思辨、反省、抒情于一炉，奠定了自身的深刻性。而在语言层面上，则更为追求具体、质感、精确、冷静。他2019年的创作，在以上向度，均越发炉火纯青。

　　为此，我们评选侯马先生为"磨铁诗歌奖·2019年度汉语十佳诗人"。这是侯马时隔两年后第二次荣膺此奖。

磨铁读诗会

沈浩波执笔

侯马受奖词

　　"磨铁诗歌奖"颁发到第四届，前三届的奖项名叫"年度中国十佳诗人"，今年正式更名为"年度汉语十佳诗人"，更名原因据主办者沈浩波讲，是为了更强调"汉语"这一关键词——现在已经有像维马丁、莫沫、劳淑珍这样的母语不是汉语的外国人在用汉语写诗了，而且屡有杰作。这是一个深具历史眼光和国际视野、富有洞见的决策，在此年度获奖，我深感荣幸。

　　到今天为止，"磨铁读诗会"一天一位共已发布了6名获奖者：艾蒿、陈克华、侯马、欧阳昱、释然、盛兴。我本人是在2017年度荣获此称号后，第二次获奖，欧阳昱、释然、盛兴蝉联获奖。据沈浩波微信透露，后面四位中依然还有蝉联获奖和二次获奖的，所以预测获奖名单的大致范围并非难事，只要你秉公正之心，深刻了解汉语诗歌发展的脉络，尊重、关注、热爱优秀同行创作。而这正是"磨铁读诗会"多年来秉承的理念。沈浩波讲，2016、2017、2018的三届评选中，居然没有任何一位诗人重复获奖曾使他困惑，我也一度以为评委会主张新人获奖。而今年有多位诗人二次获奖，足证此奖对先锋诗人创作的激励，足以看出富有创造、激励变化的先锋精神日益成为更多诗人自觉而坚定的选择，足以看出质疑、自省、知性而又不脱离身体的创作正在为悠久的汉语诗歌传统注入最新的活力。

　　我们应有足够的历史视野来检视自身的狭隘，应有足够的人类意识来批判现实的困境，我们已经有足够多的来自祖辈父辈的教诲和教训，给我们今天的道路增添更大的勇气、更多的爱，让我们更彻底地放下幻想和妄念，走更纯粹的职业、创作和人生的道路。我们必须认识到，从我们承载的历史与我们所延续的文明来看，从前辈和同时代杰出人物付出的努力和取得的成就来看，从无数觉醒的心灵和向善的众念来看，我们做得还不够好。

在艾蒿和盛兴及时写出受奖词后，诗人西娃建议我也抓紧写，我写下这些文字，作为向其他获奖者的祝贺，作为向"磨铁诗歌奖"的感谢，也作为对自己的勉励。

2020|09|21

圣诞夜

在德国的腹地
茫茫雪原中
一座孤零零的
假日酒店
客人全走光了
只有一个中国旅行团
和一些不知为何不回家的老人
我穿过餐厅时
对其中一位手持刀叉的先生
说了一声
Merry Christmas
这时我听到
所有的老人
停下刀叉
抬起他们苍老的面庞
一齐说了一声
Merry Christmas

烟

她点燃一支烟

轻吸一口

然后递给我

有时我会停下车子

吸几口后

还给她

她吸烟深

大理石塑像般沉美

但是她听我的话

基本上戒了

在她彗星般逝去以后

回忆起来

这样宁静的场景

才不会让我心口钝痛

衰老

你在美院上学

人体写生课

有一个老年模特

私处灰白

缩成一团

许多同学脸红

草草画毕

而你

仔细描画

忍着恶心

悲哀胜于羞涩

这是你当年

难以接受的衰老

你

真的永远

不会迎来衰老了

而我昨日游泳

发现下面

已有几根白色

呵，这就是你说过的

令人悲哀

令人恶心的衰老

来了

身临其境

我理解

一个真正的伐木人

当他拎着斧子站定
究竟伐倒哪棵树
他是与林子商量的

冬日的一截矮墙

无论多冷
只要太阳一晒
冬日的矮墙
总会长出几个老头

军工厂门前

有只小鸟洛在马路中间
在柏油残破的坑洼喝水

它的祖先一定在大象的脚印里饮过

欧阳昱

磨铁诗歌奖
2019年度汉语十佳诗人

欧阳昱，诗人、翻译家、作家，墨尔本La Trobe大学澳洲文学博士。曾任上海对外经贸大学"思源"学者兼讲座教授。已出版中英文著译近百种。获得包括"悉尼快书诗歌奖""澳中理事会翻译奖""磨铁诗歌奖·2018年度十佳诗人"在内的多种文学奖项。

授奖词

　　诗人欧阳昱以《细鞭尾》《丰满》《尔兰的雨》3首诗歌满额入选磨铁读诗会的"汉语先锋·2019年度最佳诗歌100首"。

　　汉语诗歌之所以远不能仅仅是一个大陆概念，除了彼岸的台湾诗人几十年来创造的现代诗奇迹外，新世纪以来，亦越来越因为像欧阳昱这样的诗人，正在塑造崭新的、世界性的海外汉语诗歌。定居墨尔本的欧阳昱，一个人就构成了一个诗歌现象。如果没有欧阳昱在新世纪的崛起，海外汉语诗歌仅仅是一个文学概念，而缺乏足够的、能独立于大陆体系之外的创作实绩。欧阳昱不仅带来了丰富的新文本，还带来了汉语诗歌新的高度和新的美学。

　　与陈克华不同，欧阳昱与大陆诗歌联系较多，因此我们能清晰地观察到欧阳昱的诗歌发展历程。他几乎是当代汉语诗人中，最具创作活力、最敢于突破和创新的诗人之一，是个铁了心的先锋派，在实验性的形式主义领域，他是走得最远的诗人。他的写作，持续不断地带给我们审美的新意。

　　同时，欧阳昱2019年入选最佳汉语诗歌100首的3首诗中，竟有两首——《细鞭尾》和《丰满》——构成了一种传统意义的经典诗意，同时在形式和诗意的结合中又产生了美学的新意。出生于上个世纪50年代的欧阳昱，正充满活力地构建着自己越来越丰富的诗歌体系。

　　为此，我们评选欧阳昱先生为"磨铁诗歌奖·2019年度汉语十佳诗人"。这是欧阳昱继上一届获奖后连年蝉联此奖。

磨铁读诗会

沈浩波执笔

欧阳昱受奖词

这份受奖词的主题是"以诗歌对付沉默"。我在一个沉默的国家，已经沉默地生活了很久，距今已有29年矣，加上我在中国生活过的36年，真的已经很长了。

在太阳底下走，在有光的地方走，我的影子也在走，那影子就是我的诗，它从我1973年写第一首诗起，已经陪我走了整整47年。

在疫情最严重的爱您爱您（2020）年，我的诗歌未因社交距离、身体距离、心理距离等各种距离而沉默，反而越写越多，8月份一个月，中文写了330首，英文写了84首。而在今年头9个月，我一口气出版了14本原创中英文诗集、小说和译作，其中一本英文诗集 Terminally Poetic（《不治之诗》）1999年就已定稿，投遍全球，无人问津，去年找文件偶然碰到后试着投出去，次日就被南澳一家出版社接受。在一个以沉默著称的国家，沉默20年也不算太久。

因为写得太多，我手已经打断，有诗为证：

《8.12pm》

诗歌真坏
把我右手弄断了
现在又把我左手
的小手指
快要弄残

都不知道是为什么
弄残的
每天早上醒来
左手五指蜷曲
伸展不开来

诗歌真坏
一个月四百一十多首诗
把我手都打断了

写这首诗的当日，"磨铁诗歌奖"的授奖消息就来了！我从
诗的沉默中苏醒，惊喜而又兴奋，特撰此文，深表感谢！同时
也祝贺艾蒿、陈克华、侯马和释然等兄弟姐妹诗人获奖！

2020|09|21

细鞭尾

今天掇着饭回房，已经是夜要降临，黄昏将去之时。屋里点了灯，而外边还徘徊着将逝的最后一线天光。看了看梧桐树梢几根细鞭尾样直指天际的枝条，我叹口气，正欲回头，忽见一粒白珠似的嫩芽就从其中一根枝条上冒出来。我惊呆了，忙往外欲看个明白，那根枝条一动也不动，光溜溜的，什么也没发生似的。我这才看清，原来在离树枝不远的天空上有颗小小的星星。

丰满

月亮长得丰满了些，已经有正常的一半大，映着落日的余晖。两只蝙蝠翻动着飞过。一只白嘴鸦忽闪忽闪地扇动着翅膀，朝湖上飞去，随着翅儿的每一扇动，淡褐色的根根羽棱清晰可见。眼睛上仿佛蒙着一层网，原来是黑芝麻般的蚊蚋。这时，蟋蟀的鸣声泻进耳轮。不远处茂密的梧桐林中传来野斑鸠好像细瓶子往外倒水的咕嘟咕嘟声。

尔兰的雨

锈蚀的铁链上滴着爱
尔兰的雨

瘦椅腿上的白桌面仰着爱
尔兰的雨

桶里插不进去的丢弃的伞上糊满爱
尔兰的雨

眼里陌陌生生的都是爱
尔兰的雨

锁住的锁上挂着爱
尔兰的雨

Boyne 河里流着爱
尔兰的雨

River Liffey 躺着爱
尔兰的雨

Hill of Tara 上泥泞着爱
尔兰的雨

一屁股坐上了爱
尔兰的雨

爱忘事的人

有人问子路
孔子是何许
人也

子路明知
故不答
孔子怪他说：

干吗不说？
就说我是
这样一个人：

看书、写字
经常忘睡、忘吃
有所得时，还会忘忧

这样过一生
有时，连自己是否老了
都不记得了

树、树叶、树枝、树、树、树、雨

草、草、草、草叶、草根、草地、泥

路、非小路、非大路、路、雨、路、雨路、路、路、路

天、天、灰、天、天、天、天、雨、天、天天、天天天、天

石子、石头、石、石、石、石头、石子、雨、石、子、石、头

树、死树、死树、死树、死树、死树、死树、雨、死树、死树雨、
死雨树

走、人走、人走、雨走、狗走、人走狗、走狗人、狗走人、走雨、
雨走

灰、灰、灰、灰、灰、灰、灰、灰、灰、灰、灰、灰、灰、灰、
灰、灰

树树树树树树树树树树树树树树树树树树树树树树树树树
树树树树树雨雨雨雨雨雨雨雨雨雨雨雨雨雨雨雨雨雨雨雨
雨雨雨雨雨雨雨雨雨

草草草草草草草草草草草草草草草草草草草草草草草草草
草草草草草

脚脚脚脚脚脚脚脚脚脚脚脚脚脚脚脚脚脚脚脚脚脚脚脚脚脚
脚脚脚

天了天了天了天了天了天了天了天了天了天了天了天了天
了天了天了

取下帽

甩了甩脸上的滴

金斯勃雷

一个人坐在远处白色小道边的长座椅上
缩着腿在打手机
一个女印度人

一个人站在大黑树被黄昏弄得更黑的浓荫下
把手机举在耳边说话
一个印度男人

一个人站在离垃圾桶不远的丢币洗衣房门外
对着手机说着什么
一个男印度人

到处都是，到处都是，到处都是，到处都是
一个一个一个一个一个一个一个的
印度人，在打手机

释然

释然，女，原名赵秀丽，生于1971年11月13日，山东聊城某中学教师，获评"磨铁诗歌奖·2018年度十佳诗人"、第四届"亚洲诗人奖·新人奖"，出版诗集《秘密》。

授奖词

诗人释然以《少女啊》《可怜人》《亲爱的，有人喊妈就好》3首诗歌满额入选"磨铁读诗会"的"汉语先锋·2019年度最佳诗歌100首"。

释然是现代意义上的抒情诗人，她是那种用情感的触角感知世界的诗人。其诗中的情感不仅真挚、饱满，而且丰富、锐利、深刻。

释然以坦诚面对自我，以爱面对世界。面对自我时，释然用一种近乎自白派的勇敢自剖，反抗生活的庸常；面对世界时，尤其是面对女性的命运时，释然又爆发出批判的力量，而这力量的根源，是爱和关切。

《少女啊》里的痛心之爱，《亲爱的，有人喊妈就好》里的激愤之爱，皆因情感之强烈和尖锐，而令诗歌发出面对残忍世界时反抗的强音。释然是一个反抗的诗人。

为此，我们评选释然女士为"磨铁诗歌奖·2019年度汉语十佳诗人"。这是释然继上一届"磨铁诗歌奖"后蝉联此奖。

磨铁读诗会
沈浩波执笔

释然受奖词

这是一份迟到的受奖词，原因很简单，迟迟无法平静，以至于拖延到今天。几天前知道自己被评为"磨铁诗歌奖·2019年度汉语十佳诗人"，这是我继上一届"磨铁诗歌奖"后蝉联此奖，幸福来得有点突然，让我难免语无伦次，还是先说感谢吧!

"磨铁诗歌奖"是我非常看重的奖项，如果没有它，我无法认识到很多我敬仰的诗人，无法成为真正意义上的诗人。尽管以后我还要继续默默低头写作，它却为我打开了一扇门，给了我全新的诗观、先锋的视野，让我从另一个角度审视自己、直面生活。我周围都是优秀的口语诗人，诗人伊沙就曾说我是在口语环境中成长起来的抒情诗人，正是这样的氛围让我领悟到了最鲜活的语言，它是生活的、生命的、有体温的，是来自内心深处的。

我生活在一个落后城镇，这样的环境注定了我的孤独，但也能使我安静下来，使我目睹了更多的重压下人们的生活，而5年的坚持，我迟钝的笔越来越锋利，敢于撕裂虚伪的面具，写我眼里真实世界。

我感觉我身上既有父亲的浪漫，又有母亲的克制。父亲的离开给了我永久的伤痛，我在诗歌里不停回忆与他在一起的时光。而母亲的冷静与理智，让我用女性的触角去写女人，写她们的不堪、她们的欲望、她们背叛、她们的伤疤……口语的表达压住了轻浮，真实再现中燃着一团火，这大概就是现实意义上的抒情吧。我从来不惮于任何人的指责与辱骂，这也是口语诗赋予我的一种精神和力量。

尽管已步入中年，我仍然渴望爱与理解，无数次幻想着我理想的生活，而诗歌正带我接近它。我一直用虔诚的态度对待写作，用敬畏的眼光看每一个文字。这个奖项将鞭策我继续努力，把诗歌融入生命，把生命延续成诗歌。

2020|09|25

少女啊

她的诗
充斥着性、爱、自慰、
死
不少男人咂着嘴读完
喊她先锋诗人
我差点叫出
少女啊

她不停地发照片
床上、墙角、危险地带
各种姿势的裸体
嘴唇、乳房、私处
各个部位特写
男人们流着口水
称她艺术家
我颤抖地自语
少女啊

隐私、身体

消遣完了

她把自己逼上绝路

这最后的吸睛

人叫她勇敢坦诚的

小孩

我流着泪说

少女啊

可怜人

他说费尽周折终于

见到了我

他喜欢我的诗

特别是诗中的女人

说我写尽了中年女性的

孤独与沧桑

让人心疼这些

可怜的人

我努力保持微笑

不让他看出我

就是可怜人

他的目光

在我脸上一遍遍滚烫

我没有告诉他

刚刚有人指着我骂

疯女人

虽然我已经过了

脸红的年纪

我把一杯水

推到他面前

他起身

要去洗手间

他站起的瞬间

从对面镜子里

我看到自己牙缝里

有片菜叶

亲爱的，有人喊妈就好

不就打你一下吗

不离婚就好

没性生活

不找小三就好

对你再不好

也是孩子的亲爹

没钱不生病就好

心口疼死不了就好

死不了就活着

活着就有人喊妈

有人喊妈就得忍

当妈的只要忍

这辈子就好

髋骨

她把手

放在那里

记得几年前

有人在她耳边说

那里像把刀

冰凉，尖利

现在她仔细抚摸

再也没有刀的感觉了

圆润的小腹

消磨了它的锐利

变得

玉一样光滑

她渴望有人

赞美它

味道

刚从厨房转身

我的手

拿起笔

开始写诗

如果你从诗歌中

闻到了

烂菜叶味，洋葱味

满是油腻抹布的

馊味

请原谅

我的诗

本来就是写我

乱糟糟的生活的

当然

偶尔也有

精油的味道

劣质香水的味道

当它从我

两腿间抽出时

你还会

嗅到

一点点孤独的

味道

更年期

精心挑选了几首诗给他

每首诗里都有一个真实的我

我在文字里

恋爱，结婚，生育

完成一个普通女子的历程

这个深爱我的男人

一定能把我身体剥落的碎片

糅合成一件精美的瓷器

我怀着忐忑的心情

期待他的赞美

他只说了一句：

我看到了更年期

磨铁诗歌奖
2019年度汉语十佳诗人

盛兴

盛兴，1978年生，山东莱芜人，出版诗集《安眠药》《我还没有》。曾参加哥本哈根"中丹国际诗歌节"、第五届《人民文学》新浪潮诗会、第34届青春诗会。获评"极光文艺年度诗人""磨铁诗歌奖·2018年度诗人大奖"。

授奖词

　　诗人盛兴以《一个冬天的晚上》《抹了脖子的鸡》《姑妈的嘴角》3首诗歌满额入选"磨铁读诗会"的"汉语先锋·2019年度汉语最佳诗歌100首"。

　　盛兴依然在努力践行着他对"真实"的理解，在他的很多诗中，似乎都希望将诗歌逼近到一种"元真实"的状态。他追求每一句诗都是"眼见为实"——这是对事物真实的绝对强调；他也试图追求一种心灵的绝对诚实，不允许诗人用其强大主观对世界进行篡改——这是对心灵真实的绝对强调。

　　2019年的盛兴，似乎已经不再发力于揭示或还原生活中的"恶"和"不堪"，这可能是其追求绝对真实，去除主观性的一个结果，看似降低了对抵达人性的追求，但却令其诗歌获得了更大的诗意实现空间。

　　《一个冬天的晚上》正是一首基于"绝对真实"而构成的杰作，并因为其真实和客观，而获得了真正的、属于诗歌本身的深刻。

　　但盛兴并未放弃诗人的主观存在（否则的话，倒真是有可能落入一种极端的狭窄），在另一部分诗中，盛兴将其主观意志运用在语言对于诗意所产生的作用力上：《抹了脖子的鸡》和《姑妈的嘴角》，都可看出盛兴致力于通过语言活力和语言效果构成戏剧感、场景感，并由此逼出生活中深藏的诗意。

　　盛兴在追求他所期待形成的诗歌。这是一种显微镜下的美学自觉。其重要意义首先在于，他正在建立某种主观与客观的关系，并精确地实践到创作中。

为此，我们评选盛兴先生为"磨铁诗歌奖·2019年度汉语十佳诗人"。这是盛兴继上一届磨铁诗歌奖后蝉联此奖。

磨铁读诗会

沈浩波执笔

盛兴受奖词

感谢"磨铁读诗会"！

2019年是我在诗歌中的持久磨砺之年。

在今天，我失望于诗歌依然是"文明"的产物、道德之子、意识形态的寄生体——能上不能下、绝对的美学和善意、正面的影响、"错"与"对"的价值判断、一方消灭另一方的神威、终结性的话语权力。

一个事实是，当代汉语诗歌依然处在一个至少1500年以上的美学传统里，家国情愫、世故人心或爱恨情仇。与这个狭隘的文化传统相映照的，是极其困窘的感情世界：一方面，人们无私地爱自己的孩子和父母，远远胜过爱自己的爱人，所谓爱情就是对爱人的得到或失去，得不到，仅剩诅咒和愤恨，有的人甚至为此去死，死都不原谅爱人。另一方面，一个母亲可以对自己的儿子出离愤怒，把耳光任意甩到他脸上，而儿子只好去死。到头来可以确定的是：绝大多数人爱的只是自己而已。

我想说的是，生活在这样的感情世界，人们对自身的批判也无从下手，毫无路径，"独立诗人"尤其难以成立，有多少诗人写了一辈子，但从他的诗中看不到关乎自己不光彩一面的一个字、一个词。而同时，诗人和自己的诗歌之间还远远没有形成有效的内部闭合的价值通道和价值自信，一首诗的好坏，仍需依赖评判者裁定。所以，在诗歌中，自恋成为普遍语感，谎言成为根本属性，压抑而成的虚空张力成为基本技艺，赢得别人成为终极价值观，而这四点，皆为诗歌现代性的敌人。

诗歌神圣地立于俗世，失之现代性毫无价值；诗人卑微地存活于人间，失之独立性形同僵死。除了深沉的爱、闪亮、幸福、坚强等美好之物，自我矛盾、懦弱、出轨的道德、卑陋、恶意这一切都将成为我全盘照收的东西。

一个冬天的晚上

小时候我姐一天到晚总爱哭

一个冬天的晚上

我哥趴桌上做作业

炉子早灭了

天太冷了

我哥拿着钢笔

跑到我姐面前

用她的泪水润了润笔头

转身回去继续做作业

抹了脖子的鸡

在一对外地夫妇的小馆喝羊汤

电视上演了一个聋哑女博士

我说"真不容易啊"

女人问"人在世上哪有容易的？"

还有一次

我说"这么冷的天真是活受罪啊"

女人转过头来问

"人在世上谁不是活受罪？"

这天我有点故意地说

"你看街上的人都是挣命啊"

结果这次是男人先接话说

"就像抹了脖子的鸡"

女人问

"人在世上谁不像抹了脖子的鸡？"

姑妈的嘴角

姑妈年轻时嘴角上扬

逢人淡淡一笑

中年以后嘴角舒展

但闭而不言

到了晚年嘴角下沉

在阳台一坐就是一整天

嘴角上扬如月牙

嘴角舒展如长路

嘴角下沉如木椅

谁也没有察觉

姑妈用嘴角过完一生

恋人

周末在商场休息区
他看到一个
以前曾相恋得发疯的女人
怀里抱着个孩子在喂奶
他走向前去
像捏充气囊一样
捏了几下她的乳房
她怀里那个白白胖胖的娃娃
噎得直翻白眼

拉链

爹的同事李叔精神一直不太好
彻底疯透是因为
1985年刚刚兴起带拉链的衣服
李叔买了件夹克
拉链绞在一起
他整整一天都没有
扯开

闷罐子

父亲骂我说

你哥是个闷罐子

你也是个闷罐子

我想提醒这位父亲大人

难道我们从一出生

就是个闷罐子吗?

我的儿子在被你带了五年后

现在也变成了一个闷罐子

你就不想想

这其中缘由吗?

当这四个男人坐在一起

我们是三个闷罐子

只有你在那里

吼吼吼

说说说

白人的血

1996年我们那儿的塑料机械厂

请来了欧洲工程师做指导

这个比利时胖子一到晚上

就在街上饭店喝啤酒

喝了酒就冲着姑娘大喊大叫

那天他对着柱子的马子吹口哨

柱子上去就是一酒瓶子

血顺着比利时胖子的脸就淌下来了

淌过毛烘烘的胸脯

淌过毛茸茸的胳膊

淌过毛丛丛的熊掌

血始终在银色的毛下淌过

他的毛可真多啊

那还是我们第一次见

白人的血

磨铁诗歌奖

2019年度汉语十佳诗人

王小龙

王小龙，1954年8月生，海南琼海人。诗人，纪录片工作者。1968年开始诗歌写作。出版过诗集《男人也要生一次孩子》《每个年代都有它的表情》《我的老吉普》《每一首都是情歌》。个人纪录片作品有《一个叫做家的地方》《莎士比亚长什么样》等。曾获"磨铁诗歌奖·2018年度十佳诗人"、首届"中国口语诗歌奖·金舌奖"等。现居上海。

授奖词

诗人王小龙以《当他们笑话》《北火车站》《我睡》3首诗歌满额入选"磨铁读诗会"的"汉语先锋·2019年度最佳诗歌100首"。

出生于20上世纪50年代的诗人，已经快成为中国当代诗歌中最年长的长辈一代了，但是岁月不会让真正的诗人老去。如果说前几天公布的获奖诗人欧阳昱越写越有活力、越写越丰富的话，出生于1954年的王小龙则越写越强硬、越写越能听到骨头如钢筋般摩擦的声音。

谁能想到呢？年轻时把诗写得洒脱、聪明、洋气、漂亮的上海滩王小龙，本来不应该是典范的江南才子吗？老了老了不也应该是踢着铮亮皮鞋的优雅的老克勒吗？怎么活生生把自己写成了硬汉了呢？

《当他们笑话》真是写得又硬又狠，给包括自己在内的一代人活生生地剥了皮，硬邦邦地刻出皮袍下的小；而《北火车站》则体现了其语言的硬度，像一块粗粝的铁板；《我睡》深藏不屑；《屎壳郎与西西弗》信手嘲弄；《纪念日》和《助听器》展现了与其硬朗的诗歌语言完全一致的人生态度。

这位当代口语诗的鼻祖，写成了他自己年轻时可能都没有想象过的样子！这才是历史中的诗人。历史不仅仅由一个诗人年轻时的天才形成，更由一个诗人用其一生的创作塑造。年轻的王小龙和现在的王小龙，共同将中国当代口语诗的前世今生镂刻到了自己的身体上、骨缝内。

60多岁的硬汉王小龙，正在将本属于他，又曾一度几乎失去的历史地位，硬生生地重新夺取回来，并用如此强硬的姿态宣示主权——这回你们拿不走了！

为此，我们评选王小龙先生为"磨铁诗歌奖·2019年度汉语十佳诗人"。这是王小龙继上一届"磨铁诗歌奖"后蝉联此奖。

磨铁读诗会
沈浩波执笔

王小龙受奖词

　　说的是去年，可以装作今年的疫情并没发生。去年，不咸不淡过了大半年，8月底，我母亲去世。吃完早餐，突然就过去了。她在的时候，挺烦人的，我一不高兴就会写她几句，当然，她看不到。谁家有个东北老太太，就明白我的意思了。她走了，不用再忍受世事和病痛的折腾，我也该如释重负了吧？并没有。白天黑夜，悲哀会毫无道理地一巴掌打来，不记下几句过不去。诗是活出来的，不是写下来的，是这意思吧？《北火车站》也是，给她办理后事，去了我年少时玩耍的红厦，回到铁路边上，记忆中刺鼻的气味忽地扑了上来。想着熬过寒冬，来年开春会好过点的，不料一场大难等在那里。活在中国，写不写，怎么写，都没想象的那么重要。一辈子与灾祸同行，这是命。

2020|09|24

王小龙2019年度作品选见P6-10。

磨铁诗歌奖
2019年度汉语十佳诗人

吴冕

吴冕,1996年生于陕西铜川,诗人、乐评人。有诗入选《先锋诗歌地图》《新世纪诗典》《汉诗》等选本,有乐评发表于《摩登天空》杂志。

授奖词

诗人吴冕以《马》《愤怒》《我是狗》3首诗歌满额入选"磨铁读诗会"的"汉语先锋·2019年度最佳诗歌100首"。

"磨铁诗歌奖"每年的十佳诗人评选都不会在事先做任何预设,第一依据就是看最佳诗歌100首中有没有满额入选。我们当然希望有更多年轻一代的诗人入选,但有就是有,没有就是没有。1996年出生的西安诗人吴冕,因此也就很自然地成为年度十佳。

在写作水准相对整齐的90后一代诗人中,吴冕的写作一直较为引人注目,他是那种有突出个性的诗人,叛逆感和身体感是他的底色。但成熟一些的诗人都知道,过去的历代诗人中,年轻时具备类似个性底色的诗人大有人在,似乎也并不能算作特别明显的优势。

吴冕在2019年的写作,恰恰好在,他更多地将这种叛逆感和身体感内化进诗歌的底座,不让其浮于表面,流于姿态。个性诗人的成熟之路往往更为艰难,但吴冕似乎已经早早地意识到并解决了这一问题。这说明他有更强大的写作天赋。

《马》就是这种诗人个性与写作天赋相平衡的典范诗歌,写得非常稳,掌控力很强。

而更重要的诗歌则是《愤怒》,这是一首具备时代痛感的诗,一代人甚至数代人的痛感。当一个好诗人在不经意中写出一首时代之诗时,往往预兆着他有机会成为一个重要的诗人。

为此，我们评选吴冕先生为"磨铁诗歌奖·2019年度汉语十佳诗人"。

磨铁读诗会

沈浩波执笔

吴冕受奖词

感谢"磨铁读诗会"从我开始写作起就一直在给我鼓励。

大学时期我开始写诗，2019年正好是我大学毕业的第一年，这一年对于我来说是个转折期，社会身份的转变带来的影响是显而易见的，一个好诗人应该从这些转变中，挖出诗来。

写自己当下感受到的、想说的，诗歌就这样发生了。只是有很多时候，我们无话可说或者对周遭的事情保持着默许的态度。对这个阶段的我来说，生活就是如此反反复复，痛苦的时候就写痛苦的诗，温暖的时候就写温暖的诗。我庆幸的是，这么长一段时间里，我没有因为忙碌和困苦而放弃写诗，相反的是诗歌在给我力量。从事着这项人类文明史上最古老的职业，我一直觉得是一件很酷的事情。不管诗在哪个时代有哪样意义，写你想写的，这就足够了。

跌跌撞撞至今，当然还有很长的路要走。我要感谢那些前辈诗人，我至今仍在他们的诗歌中汲取着养分，他们是汉语诗歌的开拓者，感谢他们为年轻的诗人打开诗歌的大门。感谢"磨铁读诗会"的每一位工作人员，这个奖项的设立美化了汉语诗歌的生态环境，鼓励了更多人去写诗，感谢你们！

2020|09|24

马

那是一个夏天的傍晚

天色刚刚暗下来

我从牧场边的

小木房子里出来

远远地看见一匹马

被拴在一棵树上

还未走近

我就听见

哗啦啦的水流声

那匹马粗壮的生殖器

简直就像打开了阀门的水管

声音大极了

愤怒

诗人 L 对我说

你写诗没有以前愤怒了

我说我也发现了

所以这两天

一直在想

这是为什么呢

后来究竟发生了什么

让一个愤怒的人

变得平静

一个人对世界不同意

才会愤怒

我在一张

贷款购房协议

签下名字的时候

几乎就是

跟这个世界

签下了同意书

我是狗

我是狗

也是人

有一天，我学会了

自己训练自己

让自己变得更像狗

用痛苦，用诱惑

用爱情，用自讨苦吃的后果

更多时候，是自己逼自己

我必须像狗一样

被抽打之后，仍然热爱骨头

你知道的

一条狗因为骨头

能学会很多

1942虚构

饥荒的年月

不见收成

从野菜到树皮

连人吃人也有发生

某天村里又有人饿死

村人聚集起来

打算把死人烧掉

防止发生人吃人

树枝燃烧噼啪作响

涨起高高的火焰

肉类烤熟的味道四散开来

围观的人群中

一个瘦小的男孩

拉着父亲的衣角

带着哭腔说道

爸爸我想吃肉

磨铁诗歌奖

2019年度汉语十佳诗人

轩辕轼轲

轩辕轼轲，1971年1月生于山东临沂。作品入选海内外多种选本。获2012年度"人民文学奖"、北京文艺网第三届"国际华文诗歌奖"、第七届"天问诗人奖"、"磨铁诗歌奖·2017年度十佳诗人"等奖项。山东省作协签约作家，山东省作协诗歌创作委员会副主任，临沂大学文学院特聘教授。著有诗集《在人间观雨》《广陵散》《藏起一个大海》《挑滑车》《俄罗斯狂奔》等。

授奖词

　　诗人轩辕轼轲以《金句的力量》《自由宣言》《鸡，诗意地栖居》3首诗歌满额入选"磨铁读诗会"的"汉语先锋·2019年度最佳诗歌100首"。

　　轩辕轼轲是中国当代个人风格最为明显的诗人。风格即美学，拥有强烈的个人风格者，才敢说拥有绝对的个人美学。我们将越来越意识到这种绝无被混淆可能的个人风格的重要性。

　　更重要的是，轩辕轼轲近年来致力于建设其个人风格的内在丰富性，并卓有成效。一方面，他保留了自己风格的最大本质——狂欢式的语言，会跳舞的舌头；另一方面，他又开始将诗意从语言一味起飞的状态中下沉，拉回到更有质感的内容，降落到现实生活之中，这令他的诗歌获得了更坚实的底座，也令其独特的个人风格获得了更大的丰富性和语言弹性。

　　他不再仅仅是一个酒神附体的诗人，他是一个酒神附体之后仍然执杯凝望人间的诗人。

　　为此，我们评选轩辕轼轲先生为"磨铁诗歌奖·2019年度汉语十佳诗人"。这是轩辕轼轲时隔两年后第二次荣膺此奖。

磨铁读诗会

沈浩波执笔

轩辕轼轲受奖词

这是一个各说各话、各写各诗的年代，分写制比分餐制更深入人心、溢于双手。20年前诗人们还摆出自己的理念试图说服对方，10年后才发现只是说服了自己，现在说服自己也成为一桩难事，每当用一堆诗把自己软埋后，总有另一个不服的自己又从内心拔肉而起。没有一个诗人会天真地以为，自己的作品能令当世之人达成共识，度量衡已经碎成各自手里的稻草，可假想中被压倒的骆驼早已远去。

160年后汉语诗歌的各条河流也许会汇涌进入海口，现在置身上游的弄潮儿们只能力争中游、远眺下游，今人前进的方向纵横交错如井田，每只脚还都期待暗合未来路标之愿景。在这种背景板下，诗歌成了各人吐纳修行的方式，一种各自生命的节奏与呼吸，别管是记忆区掘金还是脑回路兜风，不就是用汉字搭建起一头头幻象吗？这幻象或在你的文件夹席地而坐，或晃晃悠悠走入别人的视野。

"磨铁读诗会"当然也是一种标准，4年来获奖的34位优秀诗人（已有6位蝉联与隔获的）的杰出文本使这标准昭然于世并掷地有声，和"新诗典"一样，其巍峨建立在其创立者超拔的判断力与预判力上，使人在大河上下百舸争流的帆影里依稀看到未来丰饶之海的模样。再次获奖，对"磨铁读诗会"深表谢意。

2020|09|20

金句的力量

第一次见面

她就给他背诵

张爱玲的那段金句

"于千万人之中

于千万年时间无涯的荒野里……"

很快他们就确立了

恋爱关系待婚关系

婚姻关系和离婚关系

一年一个台阶

"没有早一步

也没有晚一步"

自由宣言

雷群要提前退休

我说你又没老婆孩子

提前退休干吗

他一下子急眼了

拿过一本公务员法

说哪条哪款规定

提前退休必须得有老婆孩子

提前死都是我的自由

何况提前退休

我说你提前死个我看看

他果然从窗口跳了下去

幸亏是一楼

穿过马路

他去买酒了

鸡，诗意地栖居

一位抒情诗人

来到蒙山

看见树上蹲着一群鸡

忍不住赞叹

"鸡，诗意地栖居"

路过的当地人说

"都是让黄鼠狼子给撵的"

很少有哪一个帅哥的眼神不被"文革"桥曲线无情解构[1]

在酒桌上

沈浩波提议

让女诗人

评哪位男诗人帅

八十二岁的任洪渊

也不甘示弱

他让大家

搜他年轻时的照片

1957年的他

目光纯净

根本看不出

十年后

开始悲怆地望着

他们那一代人

哲学车总在酒醒时开来

昨晚酒会

---

[1]　《1967：我悲怆地望着我们这一代人》和《很少有哪一个少女的身姿不被乐善桥曲线无情解构》系诗人任洪渊名作。

诗人王小龙

喝嗨了

也喝多了

我和于恺

把他扶回房间

清晨醒来

他在朋友圈

发出了

苏格拉底式的

惊世三问

"我是谁，我在哪

我眼镜呢"

古诗的力量

我的朋友李红旗

挂在嘴边的一句古诗是

"白云千载空悠悠"

已经十三年没有他的消息了

我的朋友张盛兴

挂在嘴边的一句古诗是

"辛苦遭逢起一经"

现在他每天都要写六首诗

从来就没有什么救世主

佛从来就没有瘦过
耶稣从来也没有胖过

只有人一会儿胖了
一会儿瘦了

胖的时候自我安慰
有佛相

瘦下来了
就对着镜子喊一声
"耶"

磨铁诗歌奖

2019年度汉语十佳诗人

曾璇

曾璇，1998年出生于重庆梁平，现就读于四川大学行政管理系。

授奖词

诗人曾璇以《爸爸的新女人》《头》《马》3首诗歌满额入选磨铁读诗会的"汉语先锋·2019年度最佳诗歌100首"。

出生于1998年的曾璇是本届"磨铁诗歌奖"最年轻的获奖者。2019年前后，她甫一发表诗作，便展现出了天赋。和很多刚刚亮相的年轻诗人不同，曾璇的天赋不仅仅是语言层面的所谓才气。才气她当然有，但不是那种文艺青年式的、小清新的、轻灵飘忽的；她也有文艺气质，但却具备了文学的深度；她的语言也清新，但却同时具备了生命与文学的结实质感；她的灵气肉眼可见，但却具备了重量。

《爸爸的新女人》体现了其娴熟的叙述力，以及更重要的洞察细节的能力，这种细节感和洞察力，正是一个好诗人所需要的重要天赋。

《头》则体现了曾璇对诗歌这一文体更高级的理解和把握，写得稳定、具体、细腻、生动，这还没完，又留出了足够大的内在空间，用来容纳某种难以言说的、关于生命和时间的戏剧式体验。每一句都写得清晰明确，却构成了抽象的诗意；每一句都结实具体，却形成了空间和张力。曾璇具备纯粹的诗歌能力。

而在《马》中，这种纯粹的诗歌能力，则又表现在她能将对生命的感受与热情融化进语言。她的语言是有生命力的语言、有心灵的语言、有细腻感受力的语言，因此是文学的语言。

3首杰作，带给读者丰富的审美体验。这种丰富性，亦是一种文学天赋。

我们永远无法预知年轻诗人的未来之路，但可以为她此刻所绽放的光彩而欢呼。

为此，我们评选曾璇女士为"磨铁诗歌奖·2019年度汉语十佳诗人"。

磨铁读诗会

沈浩波执笔

曾璇受奖词

谢谢"磨铁读诗会"给我的这份荣誉，对于我来说意义非凡。

我想到我在高二的那节数学课上无意间写出了第一首诗，那时我还对现代诗一无所知，我无论如何也不会想到诗歌会给我带来这么多。

我还想到有一天我躺在床上，像是打开了什么开关一样，捧着手机一直写一直写，像是把我20年人生里憋着没说出来的话全部倾倒出来，一直写了几百首诗，《爸爸的新女人》和《榨汁机》就是在那一天写的。

那样的感觉实在是太美妙了，那段时间其实是很难过的日子，我曾经不断地想要永远沉默，不再思考，不再说话，但是诗歌却让我找到了表达的出口。就像遇到一个新的朋友，和她从头讲述自己的人生，这实在太难，但却还是要这样做的，因为我依然无法放弃被别人了解的可能，我无法失去对生活的全部热情，无法只是去做一个生活在黑暗里的不会长出眼睛的软体动物。

人生仿佛是一条堆满了烧红的炭的跑道，偶尔能在旁边得到一点暂时的清凉。诗歌对于我来说，好像一个盛放快乐的容器和缓解痛楚的疗法，特别是当有人对我说读到我的诗有所触动的时候，我感到我们的心脏好像在一起跳动着，我内心深处某些不为人知的褶皱好像被抚平了一样。

在我成长的过程中我常有一种感觉就是，柔软和真心总是不被包容，这是我许多难过的来源，但是我没有想到我可以找到诗歌这个精神的伊甸园，我没有想到我可以遇到这么多尊重并守护柔软的人。我一直记得一件不知道在哪里看到的事——法国的纸币上印着圣埃克苏佩里的小王子形象——这让我非常感动，一个有着暴力机关的国家机器可以这样去保护一颗柔软的心，我也慢慢开始明白对暴力的崇拜是多么缺乏理性，真正的强大其实是温柔和包容。

当我拿到这个奖的时候，我切切实实地感受到了我这颗不完美且柔弱的心得到的关心和包容。谢谢"磨铁读诗会"，谢谢沈浩波，谢谢里所，谢谢参与评奖的各位诗人。

"我们永远无法预知年轻诗人的未来之路，但可以为她此刻所绽放的光彩而欢呼。"

我想每一个年轻人读到这句话的时候都会深受鼓励吧。

2020|09|25

爸爸的新女人

我爸爸

虽然没用

是个懒货

却一直有女人

这个女人

被他打残

住进医院

我第一次见她

她抱着孩子

坐在轮椅上

到底她会不会成为

我爸爸的

最后一个女人

她能不能最终

在这场角逐中胜出

我想她

坚持得下去

我这次回家

她一跛一跛地

对着她孩子

指着我：

喊姐姐

喊姐姐

头

爷爷说

拱桥边的黄桷树

从前是拿来枪毙人的

他曾趴在树上

亲眼看见

老剃头匠的头炸开

飞溅到树干

热气熏得他滑下来

沾了一身脑浆

老剃头匠的儿子

成了小剃头匠

爷爷是那里的常客

有一块专门的

洗头帕子

马

我胯下的这匹马

乖顺地低着头

沉默着向前

它的脊背

正像西宁的山

光秃秃的草皮

包裹着根根分明的肋骨

在我手掌下

隔着薄而坚韧的皮肤

骨肉和血液在滚动

当我把脸凑近它的脖颈

它轻轻地

蹭了蹭我的掌心

榨汁机

我妈妈

最后一次回老家

是跟我爸办离婚

她走的时候

留下了一个榨汁机

在厨房里找来两个番茄

给我榨了一杯番茄汁

她说

每天早上用这个

喝点豆浆

对女孩子好

说完她就走了

她下了楼

走到门口

要上车

我站在阳台上

看着她走

她也看到我了

用口型告诉我

让我进去

这么多年

那一次

是唯一的

我们母女之间的默契

清晨的婚礼

昨晚下过了雨

空气湿湿凉凉的

路边的车窗玻璃上

未干的雨水

沾着两片叶子

我把他们取下

放在一起

——他们相隔太远了

放在车顶上

这里落满了红色树叶

和绿色的小果子

多像一辆漂亮的婚车

而我牵起两位新人的手

为他们宣誓

嘿！妹儿

升初中的那个暑假

我拉直了头发

剪了一个平刘海

有天晚上

我偷穿了一条姐姐的裙子

溜出门散步

街上一个人都没有

安静得能听到我的脚步声

一个骑摩托车的混混

擦过我身边

朝我吹了声口哨：

"嘿！妹儿"

磨铁诗歌奖
2019年度
汉语十佳
诗人专访

"磨铁诗歌奖·2019年度汉语十佳诗人"获奖名单揭晓之后，为了进一步向读者们介绍这10位诗人的创作面貌，我以即兴访谈的形式，分别与10佳诗人做了交流。采访前我对这10位诗人做了一些有意思的搭配组合：比如在年纪最长的出生于20世纪50年代的诗人王小龙和最年轻的出生于90年代的诗人曾璇之间，制造一些互动；再比如让日常生活中关系就很要好的两位山东诗人盛兴和轩辕轼轲，相互谈论对方的生活与写作。10篇访谈按照当时采访的时间顺序结集在这里。

里所

王小龙访谈

记忆的阁楼上总有些零碎在等着我

里所 你想过自己会蝉联获奖吗？你怎么看待"磨铁诗歌奖"这个奖？

王小龙 没想到蝉联，以为一人只能获奖一次。不说写得如何，论数量都比诗友们差太多。"磨铁诗歌奖"的影响力凭的是它的先锋性，有主张，不迁就，那些无效写作不在采摘之列，不装什么宽宏大量的姿态。

里所 你最近这两三年的写作，相较于5年或10年前，有什么样的新变化？

王小龙 产量低下一如既往，和个人习惯有关，和对诗的认知有关。抒情性一如既往，总觉得这是能力之一。浪漫主义的翅膀的确收拢了，多在地上走几步，才能感受活着的踏实。上岁数了，更不在乎人家怎么看了，唯一的自律是诚实，诚实容易吗？

里所 是的，人能做到对诗诚实，对自己诚实，并不容易。你一般会在什么状态下开始写一首诗？

王小龙 不一定，有时是突然想起，记上一句两句，有时会想个几天。读人家的诗也可能有冲动，比如这些天在读伊沙和老G翻译的诗集《这才是布考斯基》，要警惕了，别跟着他不知拐哪儿去了。

里所 说到布考斯基，我能感到你蛮欣赏他的。我知道你在上世纪80年代就和"垮掉的一代"的灵魂人物艾伦·金斯堡见过面，不过布考斯基可不喜欢"垮掉的一代"，他觉得他们太姿态化太浮躁，也觉得金斯堡太把自己当回事，太会神话自己。就你的阅读感受来看，金斯堡在上世纪八九十年代和布考斯基在今天，都给了你什么共鸣吗？

王小龙 金斯堡和布考斯基有代际、社会地位和经历的差别。金斯堡的猛冲猛打、雄辩、令人吃惊的东拉西扯似的集合能力，是有典范作用的。论诚实，还是布考斯基，哪怕是酒后。最近看《芝加哥七君子审判》，有一幕镜头就是金斯堡在人群中演说，他很有表演欲。金斯堡不属于"七君子"，但他喜欢去凑热闹。

里所 其实你也常在诗里用戏谑和嘲讽的态度，消解那些不真实和虚假。我翻译的布考斯基书信集里，他多次写道："我的观点是，作家就是写作的人，是坐在打字机前写下一个个字的人，这才是作家的本质，而不是去教育别人，也不是坐在研讨会上或对着疯狂的大众朗诵。他们为什么要这么外向呢？"布考斯基骨子里是很孤僻的，他不想在众人面前装模作样。

王小龙 "七君子"中有一人后来和影视演员简·芳达结婚了，记得米兰·昆德拉在《生命中不能承受之轻》里怎么说简·芳达吧，媚俗，说的就是这种表现、表演。很难想象布考斯基会如此。

里所 你有不少诗是处理记忆中的事和人，比如《北火车站》，你怎么看待"记忆"？已经开始花很多时间"念旧"了吗？

王小龙 记忆的阁楼上总有些零碎儿在等着我，这没办法。我的工作就是保持好奇和耐心，搞清楚它们究竟想说什么。

里所 你抽屉里有没有一些写完了先搁着，并没有拿出来展示发表过的诗稿?

王小龙 抽屉里藏是藏了一些，都是当日记写的，拿出来就对不起读者了。有时候会在朋友圈贴一下，隔天就赶快删了，见不得人似的。我还是把诗当回事的。

诗是我生命的防腐剂

里所 这次的十佳诗人里，有两位90后诗人，就你的阅读视野和经验，你怎么看待现在年轻诗人的写作?

王小龙 我不能假装看得很多。看到的，都写得很好，很机智，都是些聪明过人的家伙，但我常想他们的阅读量能不能大一点，口味能不能宽一点，别急于定位自己……算了，老头儿还是别瞎支招，有出息的会找到自己的那条路。

里所 比如曾璇的诗歌，你觉得现在的年轻人在进入诗歌的时候，有什么地方能吸引到你吗? 你还记得自己最初开始写诗时最关心什么吗?

王小龙 有一个代际分别，我们免不了关心政治、社会动态和世界局势，意识形态的成分多一点，这种关注在一代一代地减弱。曾璇的诗给我印象最深的是她下手特别狠，《爸爸的新女人》《榨汁机》

和《头》，尤其是《头》里的场面，"老剃头匠的头炸开／飞溅到树干／热气熏得他滑下来／沾了一身脑浆"，让我想起以前看李少红的电影《血色清晨》，镜头凑近了一刀刀砍人脑袋，这导演狠，刀子递过去她也能杀人。但我宁可读曾璇的《马》和《清晨的婚礼》，看她不亚于格丽克的从容和剥洋葱般的层层揭示。我还读过她一首《我和你的罗曼史》，山溪一样叮咚而下，语言把握和分行处理之娴熟，似乎拥有远超出这个年龄该有的经验。曾璇讲究流畅，除非是故意，年轻人的结巴总让人恼火，不过问题也在这里，她是不是过于流畅了？

里所　曾璇自己也强调过除了写家庭、写她爸爸的诗，她有更多作品是在写别的东西，她应该很开心你喜欢读她的《马》《清晨的婚礼》这一类作品，她还有很多可能性。嗯，问一个宽泛的问题：你怎么看待生活了很多年的城市上海，上海对你意味着什么？

王小龙　上海是我生长之地，说讨厌说陌生有点矫情，比较而言，上海是中国很讲规则和秩序的城市。随着人口构成和城市扩张的变化，它还在令人吃惊地变脸。无论是作为一个纪录片人，还是作为一个写分行文字的人，生活在这里应该是幸运的吧，我喜欢它既要繁华也要情调的开放品格。

里所　你有时会调侃自己已经是老头儿了，变老可怕吗？在时间面前，你正面临什么？

王小龙　正在面对衰老的事实，像随时有个监控镜头在旁观自己，很可怕，也很有趣。我对自身的日趋腐朽像对他人的腐朽气息一样敏感。幸亏可以写诗，诗是我生命的防腐剂。

2020 | 11 | 09

曾璇访谈

徐志摩式的诗，我觉得索然无味

里所　你想过自己会获奖吗？你怎么看待"磨铁诗歌奖"？

曾璇　想到过，因为去年《磨铁诗歌月报》选过我几首诗，我有一点预感，觉得自己会获奖，结果真的获奖了，我非常开心。我觉得"磨铁诗歌奖"对于诗人来说有非常大的意义，最了不起的还是"磨铁诗歌奖"就诗论诗，很难想象除了磨铁还能有什么其他的奖能够给像我这样的草根民间女诗人，现如今对于诗人的赞美太少了，"磨铁诗歌奖"就是当下对于诗人难能可贵的褒奖之一。

里所　你的诗歌很锋利，里面有痛感，有你独特的经历，所以你的作品很容易被我们看见。

曾璇　谢谢！

里所　你还在读书？是什么专业呢？

曾璇　我现在大四在读，读的是行政管理。

里所　那你身边还有其他同学朋友写诗吗？

曾璇　我大一的时候参加过学校一个诗歌社团，交往了一下发现自己格格不入，因为他们大部分都写得很像我小时候还没接触到口语诗时读过的那种现代诗，就是那种徐志摩式的诗，我觉得索然无味，很快就离开了。我记得磨铁有一次选到过我们学校一个同学的诗，但我也没有主动去认识那位同学。我的大多数同学基本都不写诗，也不关心我是否写诗，最近我开始把我自己的诗转到朋友圈，但是他们应该都不怎么看吧。

里所　以前没有想过选择读文学的专业？

曾璇　当然有想过，我很不喜欢数学，文科的一些专业又很局限。高考填志愿的时候，填了北师大的汉语言提前批，结果没有上线，阴差阳错到了川大的行政管理专业。

我应该做的就是争取不浪费我这一点天赋

里所　你早晚都会和诗歌见面的，就像你说的，你开始写诗，就像找到了一个可以倾吐所有的朋友。这次的十佳诗人里，你比较喜欢哪些诗人的作品？

曾璇　我比较喜欢艾蒿和释然的诗。

里所　为什么是他们？他们的哪些特质吸引了你？

曾璇　我一直都很欣赏这两位诗人，平时看他们的诗也看得比较多，我第一次读到的艾蒿的诗是他的《寺中》，当时就被惊艳到了，然后找了他更多诗来看，我很欣赏艾蒿写诗时那种对细微感觉的把握，我觉得我跟他对于写诗的很多见解和处理方式都有相似的地方。我第一次读到释然的诗是她上一次被选为"磨铁十佳诗人"的时候，读到了她的《蛙》，我喜欢释然诗里那种女性的视角，她有一种母亲的强大。

里所　嗯，能感到你比较关注女性形象在诗歌中如何被表达和对待。去年释然最好的几首作品，也大都在写女性的遭遇，以及她作为女性的经历。

曾璇　我是比较关注我自己，因为我写诗就是在写自己的种种想法和感受，而我是一个女性，所以我看到女诗人的诗也会有更多共鸣。

里所　你不少诗里写到爸爸，他作为一个异性，在生活和写作中，都给了你很多影响吧？

曾璇　其实我写其他的诗也有更多，不过我发现大家都还蛮喜欢我写我爸爸的那几首诗，可能是大家更容易被那些诗触动吧。爸爸在我人生里占比其实很少，他是个隐形的人，虽然挨过他几次打，但他对我成长的影响真的很少很少，我从小是跟着爷爷奶奶长大的，有表哥表弟还有一大堆小朋友天天在一起疯玩，可以说我的童年比大多数小朋友都幸福。我觉得我爸爸对我最大的影响就是让我摆脱原生家庭而没有负罪感，所以我身上根本没有所谓孝道的束缚。我越长大越发现，特别是女孩，被原生家庭捆绑得太多太多了，我身边的朋友们很多都深受父母的控制欲毒害，相比于她们，我简直可以说是一个幸运的人，因为我从小就挺独立的，家里没有人管我。

里所　你特别勇敢，而且因为这些，你很早就拥有了自我。拥有自我对很多人而言其实挺难的。

曾璇　哈哈，我家里人对我的印象就是最自私和最不听话的那个小孩。

里所　有没有想象过10年后会写什么样的诗?

曾璇　没有想象过,这怎么能想得到呢?我现在写诗也是写到哪里就是哪里,当下有什么感受就写什么,没有就不写,我觉得我以后也会是这样。

里所　怎么看像王小龙这样一直都在写作,没有中断没有停下来的前辈诗人?

曾璇　我一直有这样的感觉,当看到很多前辈诗人几十年如一日保持着对诗歌的热情,我觉得这是对我这样的年轻诗人最大的鼓励,我们由此能够看到诗歌居然真的可以陪伴我们的人生旅程这么久,这是写诗能够得到的最好的奖赏。

里所　你怎么看待"天赋"?你这么年轻,写得又很好,有人说你是"天才少女"吗?你怎么看待这些评价?

曾璇　首先我觉得自己能拥有一点诗歌上的天赋是很幸运的事,很多人一辈子憋了一肚子话,都无法表达,归于沉默,而我竟然有幸可以有一种表达的能力和方式。其次就是写诗也并不完全依靠天赋,我想我应该做的就是争取不浪费我这一点天赋吧。好像还没有人说过我是"天才少女",要说"天才少女"应该是姜二嫚她们,我这个年龄写诗蛮正常的吧!你好像也是这个年龄开始写诗的。

里所　对于现阶段的你来说,最重要的是什么?

曾璇　作为大四生,最重要的当然是顺利毕业啊!

2020|11|09

盛兴访谈

明知其不存在而追求

里所　你说2019年是你在诗歌中的持久磨砺之年，持久、磨砺，你为什么用这样的词描述自己2019年的写作？

盛兴　我承认我曾有很长一段时间写诗不够专注，对诗歌以外的事情想得比较多。我相信一个诗人和他的诗歌之间一定有一条闭合的秘密通道，只要持久地行进，就能更深地进入自我。一个诗人真正的自信，深入身体的诗歌美学和价值观，都来自于这种持久的深入和专注的磨砺。2019年我每天写6首诗，除了偶有厌倦，没有出现其他任何能削弱我诗歌的东西，而厌倦之后到来的必然就是热情。

里所　我跟读了你每天发布的6首诗，确实，每天都调动起思维的积极性去完成6首诗，且连续坚持了这么久，很像是一个严苛的训练，我很敬佩这种实践。但这种有点自我强迫的写作方式，特别是你厌倦的时候，有没有感到也是一种自我重复？会不会有时也陷入了某种思维的模式化？

盛兴　我几乎没有任何一首诗是轻轻松松写出来的，因为我不相信轻轻松松写出来的诗。我那首《春天的风》是轻轻松松写出来的，现在来看不过是语言张力的机巧。我每一首诗都会竭尽全力，综合考量先锋向度、文本价值、自我突破等等，绝不逞一时口舌之快，所以不会有重复感。

里所　你会时常质疑自己吗，或者总是非常笃定地确信自己？

盛兴　每天6首诗，使我有更丰富的生命体验、情感体验、审美体验。在诗歌当中我从不怀疑自己，我总能看到更远的方向，更光明的一个目的地，只是我时常无力、虚弱，怕到不了那里。我感到厌倦无力时，力不能及，恐慌、空虚时常来到自己身上。

里所　如果最终也到达不了"那里"怎么办？记得有次我们聊天，关于爱情你也强调永恒，你是个秉持绝对价值观的人吗？你觉得自己在为了什么写作？

盛兴　如果一个人心中没有一个存在之外的虚无的"空中楼阁"，那么你所有的所谓道路，都只不过是在用时间消费身体及制造精神垃圾。明知其不存在而追求，这就是艺术精神世界的真谛。如果一个诗人把脚下的所谓道路看得太清楚，那么他基本上已经输给了这条道路。我们追求的不是一种绝对的东西，难道是相对的东西？我的写作就是为了脱离这个充满妥协和误会的盲目而混沌的世界，这也是一个再简单不过的道理。

里所　这几年，你一直在强调这种虽无法抵达，但要将之作为写作方向的"绝对真实"，在具体一首诗里，你一般会将主观自我放在什么位置上？会有意无意抑制主观的"我"过度跳出来吗？

盛兴　你会发现一些经典的诗歌之所以经典，恰恰是因为其缺失了自我。我相信诗歌一定是一种绝对美学和绝对价值，否则就会沦为工具。但凡有超过两个人认可、赞同、欣赏你这个"自我"，那么你就不算自我，所以我反对经典。在写诗时，我是个"自我鼓励"的人，"我怎么还不发疯？"，我还是缺少发疯的勇气，我也觉得很多标榜自己"疯狂"的诗人，都是些假疯子。

道德是痛苦产生的源头

里所　曾有过挺长一段时间，你写得比较少。不怎么写诗的时候，你干什么去了？当时是什么让你无法写诗？

盛兴　有很长一段时间我沉湎于情感，之后结了婚，又有更长一段时间我更加沉湎于"家庭情感"，这个时间段有八九年，我都没怎么写。我后来开始写，如果说越写越好的话，都得益于这不写诗的八九年，要以情感的波折来计，那些年里一天可不止6首诗。

里所　不少人说痛苦是写作的养分，你怎么看？你有时会刻意让自己陷入痛苦和矛盾的境地吗？

盛兴　这段时间我也一直在思考这个问题。有很大一部分诗人早早地被绑架在道德的标柱上，汲取道德之温暖，享受生活之心安理得，自然远离痛苦，那么你还要写什么？除了赞美诗你还能写什么？当这个世界到来时，道德还远没有诞生，痛苦是一个更为真实的世界，它与世界同步到来。痛苦对人的滋养最为直接，而非道德。现在道德已经日渐勒进人的身体，当我们违背它时，它就让我们痛。爱情是人类精神世界原生性的活标本，两个真正相爱的人在一起时，谁不是斯文尽失、穷凶极恶的？道德世界是一个外部世界，是让我们痛苦的全部。承受痛苦是会上瘾的，对痛苦的承受是一种最为深重的生命美学。

里所　我们再进一步来说说道德感。你诗里有一种基本的可贵精神，就是你尽可能打破很多道德的边界，特别是在写家庭和情感问题时，你总是想要扯掉道德强加在我们头上的那块所谓遮羞布？

盛兴　让我骂道德三天三夜也骂不完，绝大多数人都生活在道德的尴尬境地而不自知。举个例子，假如一个人的父亲伤害了他，那个创伤一直在，一生之中时常复发，但这个人总无法把这个创伤和父亲联系起来，这就是我说的道德勒进了一个人的身体。还有些诗人在写自己的现实题材时是有选择性的，尤其是写感情时，什么能写，什么不能写，他们拎得很清楚，有些好诗就是因为怕自己的老婆看到而永远不会来到这个世界上。还有就是关于爱情，现在的失败之处就是爱情也被勒进了道德。尤其是女人，讲起道德来简直没人性，而男人则更可怕，本来没人性，但总把道德挂在嘴边。

里所　你怎么看待喝酒这件事，喝醉时你写诗吗，还是只在清醒状态下才写？

盛兴　喝醉时根本无法写诗，写诗在我这里不是恣肆纵情，而是一种理智的事业，要理智地发疯。喝酒是一种生存态度，是为了追求快乐、不要脸、不要命的态度。

里所　每天6首诗这种写作方式，你会继续坚持下去吗？还打算这样写多久？

盛兴　其实一天6首就是一个习诗的过程，就是对专注度的练习。同时，我现在回头看原来的诗，越久远的越不满意，而且也清楚它们差在哪，这就是一个习诗的好的结果。

里所　蝉联获奖，你感觉怎么样？

盛兴　蝉联我很兴奋。"磨铁诗歌奖"是目前汉语界最有态度、最有品格、最具活力、最为真实的一个诗歌奖，其只有一个立场，就是"好诗"，我很珍视这个奖。

里所　你和轩辕轼轲非常熟，他也是一个创作量很大的诗人，你们平时私下里会聊诗吗？你怎么看待他最近的写作？

盛兴　和轩辕在一起就是喝酒聊天，很少谈诗，但我感觉我是比较理解他美学的人。轩辕目前的写作算是进入了秋天的收获期，成熟而又自然，"晴空一鹤排云上，便引诗情到碧霄"。他诗歌文本中的很多单项指标都能排天下第一，比如说排比、通感、谐音、古诗词引用、时政借喻等等。轩辕是个专注的诗歌语言磨砺者，经由30多年的打磨，才能像今天这样真实无邪，自然古朴，如入无人之境。

里所　你觉得自己更感性还是更理性？

盛兴　理性，因为我渴望理性。

里所　你平时阅读其他诗人的作品吗？一般是用一种什么态度在阅读？同时代诗人们创作的氛围，有没有对你产生什么影响的焦虑？

盛兴　我平时只看少数几个诗人的诗，我会揣摩他们的诗歌观念，也算是一种学习吧。

里所　你是否在意读者的看法？

盛兴　我越来越不在意读者。

里所　前两年，你诗里对现实的挑衅明显更多，有时我能读到一种奇怪的"恶意"。去年和今年，好像这种"恶意"在减少，有时你甚至在表达某种神圣感，包括你在前不久的受奖词里，也用到"自我批判""深沉的爱"这样的表述，这是因为你在有意建立一种更和谐的新美学吗？

盛兴　唯有丰富性才会让我相信美学的存在。比如说分裂是最正常的人格，甚至不具有三种以上人格都不算正常人格。写诗的了不起之处在于，当你掌握了诗歌的技艺之后，那种语言的张力会构成能反哺你的思维方式，改变你的情感体验，使诗人愈加成为一个丰富和敏感的人。从这个层面来说，是我们和我们的诗歌在相互改造，最终成为一个不分彼此的完备的生命体。

2020|11|10

轩辕轼轲访谈

超现实其实是现实在内心的投影

里所 你满意自己近年来的写作吗？

轩辕轼轲 不太满意。写诗也是一口气，这股气最充盈时，才能写出满意的作品。我最好的写作状态是2000年和2010年，那时每天都能感受到这股气的存在，只管写就是，其余年份时强时弱。当然也得主动"善养浩然之气"，调整自己的写作状态，这股气凝聚得不够饱满时，写出的东西总是不尽如人意。

里所 为什么自己会觉得最近的"气"弱了些？是什么让"气"变弱了呢？

轩辕轼轲 是写作者在写作，而写作者寄寓在行走的人体中，这辆公交车上不仅仅他一个乘客，吐痰者的声音、站立者的身影，包括驾驶员的拐弯，都会对他端坐的姿势造成影响，使他不由自主地摇摇晃晃。当经验成了加分项，惯性就成了减分项。人对世界的看法、对生活的态度，包括岁月的流逝，都能影响写作者的气息，我意识到气比以前弱了，是觉得现在写作的新鲜感和成就感不如当年强烈了，想补强还得继续调整。

里所 你的诗歌常给人一种语言的狂欢感，你最好的那些诗，也总是能将语言的爆炸力与幽默感结合在一起。你觉得自己这种语感和幽默感是怎么形成的？它们来自哪里？

轩辕轼轲 一个人写出这样的作品而不是那样的作品，除了后天的自觉之外，肯定是基因、性格、禀赋、成长环境、所接受的文学营养乃至写作惯性，合力冲刷而成的。我在一个剧团大院里长大，从小就观看生活中执着于鸡毛蒜皮的邻居如何在登场后成了戴着雉鸡翎乌纱帽的帝王将相，还有那些大段大段朗朗上口的戏词，这种戏剧化的荒诞和狂欢化的语言，也许对我形成了最初的启蒙与影响。语言是作品的血肉，而每个人的写作语言，也源于这具正在人间言说的血肉之躯。

里所 剧团大院的生活，这个成长经历真的很独特。你有不少作品，也会呈现一种戏剧化的效果。比如之前的《体操课》《阴间也有愚人节》，这样的作品甚至带有超现实的效果。但感觉你最近几年没有再强调这种写作，或者说这种形态的作品减少了。我有种印象是你转而更关心"现实"了，经常从当下发生的新闻事件中找素材，并用你的方式做出最快的回应。这种紧贴现实的速写式的写作，是你有意的尝试方向吗？

轩辕轼轲 《体操课》《阴间也有愚人节》写于我写作状态最好的阶段，超现实其实是现实在内心的投影，对现实的深究与揭示更具概括性。而从新闻事件中找素材，只是捕捉了一些现实的浮光掠影，对于后者这一类诗我并不满意，权当调整状态的练笔吧，还是得写那种内心与生活相撞的有血有肉的诗。

写作者无法回避写自己

里所　盛兴说，他没有一首诗是轻轻松松写出来的，他总是会花很多心思和时间在其中。对创作量极大的你来说呢？你觉得写出一首诗"容易"吗？

轩辕轼轲　他说话有时很随性，今天说的话可能和昨天的就不一样，我看他在喝酒上花的时间比写诗要多。"容易"其实是相对的，库里投一个三分球很容易，但是他投三分的手感的形成过程不容易，对于诗人也一样，写一首诗很容易，但是诗感的形成过程不容易。

里所　那你怎么看盛兴这一年多以来，几乎每天6首诗的创作方式？

轩辕轼轲　不论6天写一首，还是一天写6首，都很好，都是盛兴的运转方式。长诗《只有神灵不愿我忧伤》之后的这几年，他那些散落天外的奇思妙想终于附着到雪球般越滚越大、哈着热气、既荒诞不经又真实可触的生活上，现实是内核，奇思是包浆，这也使盛兴有别于众人并自足地旋转于人间与太空。

里所　你有没有修改的习惯？

轩辕轼轲　没有。绝大部分诗都是一气呵成的。

里所　为什么很少在你的作品中看到你比较个人化的生活？你是在故意回避写自己吗？

轩辕轼轲　对于任何一个作者来说，他的作品都是个人化的结晶。具体到作品的内容，当然是写他所熟悉和感兴趣的素材，不论他描写自己的一个趔趄还是战场上的千军万马，都会打上个人化的烙印。不仅包着耳朵的浪荡子是凡·高的自画像，焦灼明亮的向日葵也是凡·高的自画像。卡夫卡环顾左右，没有老婆孩子七大姑八大姨的场景，就只能写左右前后的寂静和内心的喧哗，《地洞》就是他身边曲折蜿蜒的寂静，《城堡》就是他内心人影杂沓的喧哗。写作者无法回避写自己，因为写每一首诗都是在泄露自己，遮掩是更大的泄露。

里所　如果10天不喝酒会怎么样？如果一个月不喝酒呢？喝酒和你的写作，有什么关联？

轩辕轼轲　如果10天不喝酒会神清气爽，如果一个月不喝酒就接近成功戒酒了。其实"斗酒诗百篇"是扯淡，喝多了根本写不出来诗。西兰花对厨师的厨艺毫无影响，因此喝酒只是写作素材之一种，也仅仅是素材。

里所　那你有没有想过要戒酒？

轩辕轼轲　嗯。每天都想把酒戒掉。

里所　你觉得自己是一个怎样的人？

轩辕轼轲　是一个虚无懈怠、犹疑不决、不思进取的人。

里所　你太会自嘲啦！你一直生活在临沂，在你看来那是一个什么样的地方？它如何参与了你的写作？

轩辕轼轲　临沂以前是革命老区，现在是商贸名城，专业市场就有100多个，居民达到1000多万了，老区人的憨厚与生意人的精明在他们脸上交相辉映。我的家人朋友大都在这里，这里是我的成长环境，也是我写作的现实环境，很多在这里出没的人、发生的事都进入我的诗里，我是通过观察临沂来观察世界的。

2020|11|10

陈克华访谈

人体于我是宇宙最大的奥秘

里所　我们先从爱情谈起吧，我非常喜欢《完整》这首诗，读了很多遍，我喜欢你在其中谈论爱情时那种肯定式的、笃定的语气，"世上没有残缺的爱情。从来没有。/ 爱情从来就是完整显现"。你另一首诗《我要你》，也是在写一种爱情的绝对性和完整性，同时你也写过更多与性爱、身体、禁忌有关的诗。可以说爱情、情欲是你诗歌中的一种基础原动力吗？为何你格外偏爱这一主题？

陈克华　的确，比较其他诗人，我诗中情与欲的比例颇高。一直以为情欲的开展，是一个人肉体出生后的另一次"出生"，是个人的史诗。一个不能直面内心情欲的人，往往人格是畸形或扭曲的，人生的道途亦会深受影响。而个人情欲和社会规范先天犯冲，在生命开展过程中，这其中的碰撞和斗争是文艺故事和诗歌的源头之一。而我为什么偏爱这个主题？大约因为我是个情执很重的人吧？！情欲是我人生的主题，是我必须修完的功课。

里所　你有很深厚的医学背景，我也因此注意到在你的诗中，身体和器官总是以一种更为自然的状态出现，也因它们的客观性而显得纯洁，即使是在某些情色诗里。这非常有趣，用作为医生的眼光打量人体时，往往更关注什么？作为诗人时呢？而你同时既是诗人又是医生！

陈克华　人体于我（诗人身份）是宇宙最大的奥秘，医学（西方）不过是看待人体的一个角度而已，中国文化里有许多更有意思的东西（譬如道家思想）。当我行医时，人体更像是一具精巧的承载地球进化的机器，也兼具承载人类生存和审美的功能，我也更理性些。这理性或多或少渗透进我的写作。在文风普遍保守的年代，我因此被贴上触犯禁忌的标签。同时"身"与"心"于我也不是截然二分的，它们是一而二又二而一的。因此一个好的诗人不可能只见其一，而对另一面视而不见。我的情欲诗如果因此显得"纯洁"，那单纯只是因为我的情欲是纯洁的。

里所　在你不少诗歌里，你都能很自然又轻易地打破性别界限，性别不再是男与女这二元的对立，《至神秘》这样的诗，我作为一个女性看了都很惭愧，当然也很激动，因为你把排卵和生育这件事写得如此生动和神圣。这种对性别界限的打破，来自你本能的生命观吗？你如何看待生命和性别？

陈克华　如果人有灵魂，那灵魂必然没有性别。或说超越了性别。女性的排卵和生育呼应着宇宙天体的周期运行，光是这一点难道还不够神奇神秘？我写作的自我要求之一，就是不要有模式化的性别观点，无论是男性还是女性的。因此纯粹男性或女性观点的写作很难入我的眼，但从性别出发进而超越性别则另当别论。20世纪后女权运动兴起，女性观点成了某种"政治正确"，这对文学其实也是一种伤害。以前读佛经读到菩萨是"非男非女相"，十分震动又好奇，我想我的诗歌，应该也算朝菩萨境界的一种尝试和努力。

里所　你从什么时候开始接触到大陆的当代诗歌？对比台湾的诗歌环境，你最初对大陆诗歌的感受是什么样的？

陈克华　应该是从上世纪"朦胧诗"开始。当时感觉十分新鲜，因为和台湾的诗歌不同，各自承袭各自的诗歌传统和文学养分。特别喜欢顾城。普遍而言，语言也比较鲜活，少"文气"。用现代的语言来说，比较"接地气"。台湾现代诗受太多"前辈大佬"们的影响或说制约，年轻诗人很难走出自己的路。大陆相对就框架少了，许多天才之作，完全是浑然天成。这些作品给了我许多启发。一个台湾诗人年过五十如我，因此成天都还想着如何改造诗风，都是大陆现代诗的缘故。

里所　你提到从 2019 年才接触到口语诗，并说口语的融入扩大了可以表达的范围，并让你看到了诗歌新的可能性。这个说法很坦诚，也见出你非常乐意接受和吸收新鲜的东西。那你 2020 年的写作，在语言层面，也延续着对日常口语的使用和探索吗？

陈克华　口语诗所标榜的"事实的诗意"，把我带离以往写诗偏重"修辞"的窘境。真是一个难得的机缘。况且古人早说过"修辞立其诚"。这个"诚"字很难，很有意思，几乎是个无止尽的剥洋葱的过程。我当然会继续口语诗的写作，这是缪斯给诗人的一个最好的礼物。我希望这"另辟蹊径"，将来也能走成"康庄大道"。

缪斯真的无所不在

里所　你的诗歌在台湾读者多吗？我知道你也获得过"台湾年度诗人奖"等重要奖项，获得一项来自大陆的诗歌奖，对你而言有什么特别的意义吗？

陈克华　相对于台湾许多中生代诗人，我的诗歌读者数目算是比较多。有些人是通过流行音乐知道我的，如那首《台北的天空》。年轻时还是引人侧目的"得奖专业户"。多年累积下来，即使不是诗的读者，也晓得有位"诗人医生"，还会写歌。但诗在台湾，和在全世界任何地方一样，都算是少数，无论是作者还是读者。这不是我第一次在大陆得奖，但纯民间的好像是第一次，意义格外重大。当然还是希望将来能在大陆出版一本个人的诗歌选集。

里所 我也希望以后有机会做你诗集的编辑。你怎么评价台湾晚近20年的当代诗歌？如果想请你推荐一些值得关注和阅读的台湾诗人给我们，你会推荐谁？

陈克华 21世纪后的台湾现代诗呈现严重封闭式的"感性回圈"，诗人们个个饱读诗书，下笔成章，文字素养高超，譬喻信手拈来，但也暴露了书斋文青式写作的缺失和局限——重复性的象征主义、与日常语言的严重脱钩、诗的语汇的近亲繁殖，这些都表现为一切诗的游戏的疲乏感和无力自拔。这样的诗的未来是值得忧心的。如果将台湾诗人粗分为老中青三代，那么老一代较为大陆读者所熟知，我就不多提了。中生代有罗智成、夏宇、杨泽、零雨等。新生代普遍创作时间不够长，表现上上下下，很难举例，有些也力图表达新一代的趣味和观点，还是值得关注。

里所 你非常强调写作中的自由和创新，这一次的十佳诗人里，欧阳昱也是一位非常强调创新和实验性的诗人，你怎么看待他的作品？

陈克华 欧阳昱的作品我读得不够多，可否请你多发一些来，我读后再回答这个问题。

里所 我看到前不久你刚做了一个新的艺术展，"珠事大吉"，那些用珠子完成的装置作品颜色和造型都非常炫目、奢华、瑰丽，为什么做了这样的一批作品？另外，艺术方面的创作，比如视觉艺术、绘画和装置，和你的诗歌之间有什么共生关系吗？

陈克华　如果口语诗说的是"事实的诗意"，那我的珠珠装置艺术就是"物质的诗意"，透过日常用品的"俗艳（Kitsch）"，用胶合方式创造出日常里被遮掩或忽略或压抑的"诗意"。如果说我写诗是"文字"的收集癖者的私密游戏，那这些装置艺术就是"珠珠等华丽物件"之恋物癖者的内心风景，其实二者有着内在的共同逻辑关系。只能感叹，缪斯真的无所不在呵！

2020|11|11

欧阳昱访谈

诗歌必须创新

里所　蝉联 2019 年度的汉语十佳诗人，在你意料之中吗？你现在如何看待获奖（不只是指"磨铁诗歌奖"）？

欧阳昱　总的来说，我写的诗是不大可能得奖的那种，连发表都有困难。比如我今年出版的英文诗集 *Terminally Poetic*（《不治之诗》或《诗入膏肓》），早在 1999 年就成书了，投稿到所有出版社都被退稿，直到我干脆不投为止，所谓写诗写到不投为止吧。但去年找别的东西时无意中碰到这个稿子，才蓦然想起，于是考古发掘一般发掘出来，投了出去，没想到第二天就收到出版社的来信，说要接受出版。这算是我发表历史中最有意思的一段经历：搁置 20 年，一夜即出版。因此，从大规模被拒斥、被退稿、被不接受的意义上讲，磨铁连续两年给我"十佳"，这是出乎我意料的，也是让我感动和感谢的。在澳大利亚，我出版的英文诗集也有几次曾经获得提名奖，但要把奖给我，我觉得几乎不大可能，因为我的东西，无论是语言风格，还是题材选择，还是先锋取向，都几乎跟获奖无缘。

里所　你开始写诗是在上世纪 80 年代初吧？还是更早？那时你还在中国，当时你的诗似乎就在追求完全不同于朦胧诗、不同于泛抒情诗歌的语境，会更强调意象的准确，强调个人情感，那时的写法是出于何种考虑？

欧阳昱 我最早的一首诗写于1973年的3月20日，那时我才17岁。不久之后下放，又写了不少诗，这些70年代的诗和80年代的诗，我都收在一部大部头诗集《呼的吸》中。我对诗歌的追求很简单，必须创新，创新第一。我只想写跟任何人都不一样的东西，甚至跟自己都不一样的东西。每首诗都不重样。我讨厌抒情，讨厌给诗歌化妆，对于当时80年代报纸杂志上发表的几乎所有东西，我就两个字：不看。到1991年我离开中国时，只在《飞天》上发表过一首诗。其他大量囤积的诗歌，20多年后逐渐浮出水面，得到好评。我在80年代写的诗有反骨似的，跟一切对着干。诗歌越不喜欢的越要写，时代越不喜欢的越要写，杂志越不喜欢的越要写，反正就是对着干，是绝不考虑后果的写作。事实证明，越超前的作品，越遭当世白眼，越被后世接受。真是绝妙的讽刺。

里所 你哪一年离开中国去澳大利亚的？这个离开，对你的写作而言，制造了一个明显的分割点吗？

欧阳昱 这说来话长，太长了。我1991年4月19号这天抵澳读博，1995年年初拿到博士学位，从此再也找不到工作了。在这个国家，来自中国读英语文学博士的（我读的是澳大利亚文学博士），基本就是这个情况，上了天也就下了地。从1997年起，我开始走自由写作的路，主要用英文写作，到2010年出版了3部英文长篇小说，其中两部得大奖（一部1万澳元，另一部2万澳元）——哦，对了，这里要说一下，这也是得奖的一个很有意思的地方，凡是你想着得奖的，那奖肯定不会来。凡是脑子里连关于获奖的念头都没动过的，那奖很可能就来了。我这两个长篇在全球退稿方面，第一部有28家，第二部也有十五六家。但这两个奖就是这么自动掉下来了。我最近出版了《飘风》这部诗集，500多页，是我1991年来澳后到1999年这10年写的中文诗，在风格上应该是跟在中国写的很不一样的，分割的极为"点"（回答你的"分割点"问题），比如其中的《B系列》，就是拿到全球的中文世界，就是在我死后，也不大可能发表出版（当然，其中一小部分曾在纽约的《一行》和温岭的《三角帆》上发表过）。

里所　开始在语言和形式上，做幅度很大的实验，比如中英文混杂、完全打破语法标点的限制、破坏性分行、图像等形式的加入，这些是从什么时候开始的？是什么原因让你如此去打破诗的边界？

欧阳昱　这么说吧，所有这些大尺度大范围的玩法——我现在对诗歌没有别的最高标准，我的最高标准就是好玩，很多现在发表的诗歌一点都不好玩，恕我直言——其实源自我早年读大学英文系时写的诗歌，比如那时，屎尿就已进入诗歌，双语就已进入诗歌，未来（我写的未来诗）就已进入诗歌，故事（我的故事诗）就已进入诗歌，拼音就已进入诗歌，肆意破坏的标点符号就已进入诗歌（比如有书名号却无标题的标题等）。这与我学英美文学有很大关系，因为无论小说还是诗歌文本，我都是直接阅读原著，能看到很多不是翻译或在翻译中失落了的东西。进入澳洲近30年，我又开创了其他很多前沿写作形态。比如，我现在每天散步，都在手机上"说诗"，这比口语更口语，因为我直接说，手机直接记录，每天至少5首诗，最后抄录几百首把人都快累死了，所以说手打断了（的确已近劳损）。今年8月这边封城宵禁，我一个月写了300多首诗，而且几乎每个月中文英文加起来平均要写一两百首。不过我也不再把诗看得那么不得了啦，它就是我生活我生命的一个部分，我对它没有功名心，没有功利心，它对我来说只是我的呼吸而已。

里所　如果诗的边界能被无限破坏，可以突破文字的种种限制，那么诗到底是什么？

欧阳昱　我不想对诗加以定义，如果非要加以定义，那我对诗歌的定义就是自由。如果诗都不能自由，诗都要加以种种限制和标准，那还写诗干吗？诗歌的自由就是不断打破限制的自由。同时，如上所述，诗就是我的呼吸，是我呼吸时留下的痕迹。即使人不在了，还能从诗行中呼吸到诗歌的呼吸。

里所 你说过在艺术创作中创新是唯一的出路，创新难免意味着"破"，同时我也能感觉到，经典性的审美力量依然在你写作中起着很大作用，你如何平衡这两者？

欧阳昱 不破不立、有破有立、破就是立、立就是破。破立也就是魄力。比如我的短长诗《破立》中，开篇几句就是"气候鸟／理想念／因素菜／战争先恐后"。你说它是什么，它就不是什么。你说它不是什么，它可能就是什么。再举几个实例来破一破吧。这几年我创作的路径，都是通过破而开辟出来的，比如说双语诗、自译诗、声音诗、错误诗、拾得诗、散文诗、拼音诗等。而且我的破至少是两个向度的：创新和创旧。这种破还表现为在题材方面的开拓，比如，我写了相当多的"翻译诗"，即以翻译为题材的诗，这种诗写起来很过瘾，因为涉及语言，还有跨国故事等，只是对单语读者来说可能会是一个挑战。总的来说，破就是创，不破何以能创？诗歌不创新，不在语言、题材、手法等各方面创新，这样的诗歌恕我无兴趣。

里所 非常大量的写作，一个月几百诗的量，写完你自己如何判断哪些诗好，哪些诗写废了？因为我们很难说自己写的每一首诗都很完美。

欧阳昱 判断有三。1. 自我说不，一看即知。2. 拿去投稿，或有所取。3. 按下不表，暂不示人，若干年后，或有定论。一个诗人写的东西，不可能首首都完美，这是肯定的。有些自觉好的，别人不一定觉得好；有些国内读者觉得好，但拿到国外读者那里，他们不一定觉得好。这个问题很复杂，一时半会说不清。咱们有时间再细论。

里所 如此这般疯狂的写作状态里，你有没有倦怠的时候？有没有自我重复的感觉？

欧阳昱 倦怠没有也不必有，因为写作对我来说就是休息。自我重复肯定有，这就要求具有强大的自我批评精神、自我挑剔精神和自我看不起精神。自我得到彻底张扬的时代，也就是需要经常否定自我的时代。自鸣得意是不行的。

诗是孤独的唯一解药

里所 你现在的日常生活状态是什么样的？每天有多少时间用在写诗、译诗、做诗歌交流，以及思考与诗歌有关的问题上？

欧阳昱 我去年5月初离开在上海任教了7年的大学（从2012年起），回到澳大利亚，又重新过起自由写作、自由翻译的生活。写作和翻译几乎各占一半，翻译多时写作少一点，翻译少时写作多一点。每天从一早开始就写诗，到中午出去散步又说诗，所以花去的时间挺不少。诗歌方面的交流，主要以我开办的微信群"Otherland 原乡砸诗群"为主，这个是我每天都要参与和指导的，一种义务性的、公益性的工作。至于"思考与诗歌有关的问题"，这个主要也是通过写作来进行的，比如我发表了《干货》（诗话）上下册后，现在又在写《干货》的第3卷，依然继续谈与诗歌有关的思考、诗考，还写作出版了我谈诗歌和文学的《微论》，目前正在写作中的还有《微词》（关于文学、诗歌、哲学等方面的思考）和《无事记》（已经写到第21卷了）等。

里所 在上海任教期间和在"砸诗群"里做关于诗歌写作的指导，在你的影响下，已经有比较成熟的诗人了吗？他们在写哪种风格的诗？

欧阳昱 在搭建"原乡群"期间，我还开办了英文的砸诗群"Smash Poetry"，主要是供我教的英文研究生进行教学用的。由于各种原因，中文砸诗群人出人进，人口流动性较大，但核心的一批人都还在那里，如果说比较成熟的，应该有（排名不分先后）漫尘、朵而、张萌、任意、潞潞、张春华等。一方面是他们过去本来已有功夫，一方面是他们进群后的发展，但每个人的变化都是不一样的，张萌的拾得诗、潞潞的图片诗、朵而的后朦胧诗、任意的口语诗等，都玩得相当不错。

里所 可以进一步介绍一下你的"砸诗群"吗？

欧阳昱 "砸诗群"的全名是"Otherland原乡砸诗群"。《原乡》杂志是我于1996年在墨尔本与孙浩良和丁晓琦一起创办的，从第2期开始由我一个人主办至今，已经办到第40期了。2012年我到上海某大学任教，讲授英文创意写作和文学翻译后，又于2017年7月3日正式创办了"Otherland原乡砸诗群"。创立该群的目的很简单。1. 让大家有诗能互相分享，但必须匿名发布。2. 阅读过后通过"砸"诗进行评论，满评后再揭底这是谁的作品，发表诗人关于该诗创作的自评，所谓批评和自我批评也。此群口号：先锋性、国际性、超前性、一诗到底。本群对好诗的称谓是：砸不动。对差诗的形容是：不好玩，或，这样的诗，以后不要拿上群来了。宗旨有几次变化，但万变不离其创。

里所 这次的十佳诗人里，陈克华和你有一个相似点就是你们都不生活在国内，同时，因为某种"不在场"，你们的诗歌里，都有相对新鲜的元素在，你以前关注过他的写作吗？读了这次我们选发的他的作品，你怎么看待他的写作？

欧阳昱 不在场最好，因为诗歌也需要社交距离和心理距离，最好是远得不能再远的社交心理距离。这就是我为什么总是强调远离：只有远离，才能呼吸到没有人气也不需要人气的新鲜空气；只有远离，才能写出不一样的、不在场的东西。陈克华我老早就注意到了，还买了他好几本书，是个很有意思的诗人。比如他的"肛门只是虚掩"这句，就很来劲。

里所 这么多年生活在澳大利亚，这样的"异香"如何影响着你的诗？在你初到澳大利亚的一些诗里，我能看到当时生活的艰辛，以及文化之间的撕扯感如何作用在你身上。现在如何看待"移民"前期经历的生活？你有所谓的"乡愁"吗？

欧阳昱 最大的影响就是幽默。我在澳洲举办的大大小小的各种朗诵会恐怕都有几十次了，有一点是特别值得提出的，那就是每次朗诵，下面都会发出爽朗或会心的笑声。好的诗歌，不一定要靠幽默取胜，但富含幽默的诗歌，绝对高诗一等。我一向厌恶故作深沉板着一副痛苦脸动辄就流泪的诗歌。我在澳洲第一个10年（1991—1999）写的中文诗，有一些是体现了强烈的"撕裂感"，但更多的却跟艺术相关，如《飘风》诗集中的《犯人系列》（4首）、《行为艺术作品系列》（18首）和《静物与动物写生系列》（24首）等。老实讲，我很烦"乡愁"。对我来说有的只是乡不愁，我就曾写过一首《不思乡》的诗，也是很不歌颂的那种。所以，拿到哪里都发表不了，最后哪儿都不拿了。

里所 但你在各个阶段的诗里，经常会写到孤独，孤独对你来说意味着什么？有没有想象过，如果一直生活在国内，孤独感会有所减少吗？

欧阳昱　人能得各种癌症，唯独得不了的癌症是心癌。但孤独就是人生的心癌，那是动什么手术都无法摘除的。有诗的人有福了，诗是孤独的唯一解药。

里所　用英文直接写作的诗歌在你作品里占多大比例？在英语环境里反观汉语和汉语诗歌，你有什么特别的想法可以分享一下吗？

欧阳昱　英文比例没计算过，但厚厚薄薄地也出了十几本英文诗集，也可以说给澳大利亚诗坛吹进了一股新鲜空气，因为他们很少看到那样用英文直抒胸臆的诗。英语和汉语，其实不是绝对的。作为双语诗人的汉语部分，失去了读者却获得了彻底自由，能够想写什么就写什么，想怎么写就怎么写，而且能够自己把自己的中文诗译成英文拿去发表，这是多么好的一件事！作为双语诗人的英语部分，天地就更开阔了，全球的英文世界，没有不可以去玩乐一番的。

里所　60多岁之后，你最在乎的是什么？诗对现在的你而言，是什么？

欧阳昱　进入60后，我才体会到20多年前一个澳大利亚白人作家在我30出头时跟我讲的话："你到60后才会知道，那是写作的黄金时代。"现在进入60后，我完全同意他的说法。我不仅每天至少写5首诗，而且同时写三四本书，同时看二三十本书，具体怎么个玩法就恕我不多说了。诗对我来说依然如故，一如既往地还是我的呼吸，它简单至极，一点也不复杂，小到涵盖一切，大到什么都没有。谢谢！

2020|11|11

艾蒿访谈

最终还是拿诗说话

里所 获得这一届"磨铁诗歌奖"汉语十佳诗人之后,你公布了一个重要的决定,那就是宣布了自己女权主义者的身份,我看你此后也着手做了一些偏女性主义或女权主义的诗歌推介,最初是什么原因促成你反思自己,并成为一个身体力行的女权主义者?

艾蒿 因为我爱的人曾经受到过男性的伤害而一直走不出来,我就开始关注类似的事情,突然发现它并不是个例,而是整个社会性的压迫,从各方面充斥于生活的每一个角落,同时也对自己曾经活在厌女情绪下而浑然不觉感到不寒而栗,这种局面让我感到非常悲伤。所以我必须做点什么,就算是为了自己做一个正常人,就算是为了我女儿将来过得更好。

里所 但如果以一个带有价值判断的身份去写作和阅读,是否担心多少会失于偏颇?会不会因此给你带来一些误解或批评的目光,你怎么看待这些不解和批评?

艾蒿 我们都无法避免在诗歌创作中做价值判断,而且很多伟大诗人的创作都有价值判断,它可能恰恰也是一种担当。我认为最重要的是我们的价值判断在诗中写得是否高级,或者值不值得去写。当然要强调的是我们不为"正确"而写,价值判断在诗中变成表演的话就会显得庸俗而轻浮。从另一个角度讲,就算不在诗里做价值判断，我们也会有价值取向，可能作者本人都无从察觉。作为读者，如果我读到一首纯诗，没有价值判断也没有令我感到不适的价值取向，那我怎么可能怀着一份挑剔去阅读呢？所以无论从写作身份还是阅读身份，既然我们都避免不了价值判断，我就丝毫不担心因此给我带来误解和批评，大家都是相互的，我既然跳出来指责别人，别人也有资格对我不满，当然最终还是拿诗说话，我们的"人"都在里面。

里所 我有种担心：价值判断被过于强调，会不会造成对文学本身的伤害？比如布考斯基，不管在他的时代，还是在今天看，他的某些价值观，也包括他对女性的态度和用词，都显得太不"正确"了，但这完全不影响他成为一个在文本和生命力意义上都很强大的诗人。我觉得有时诗人这个身份里，"人"是可以犯错误的，可能恰恰是这些错误，才成就了他／她的诗。你觉得呢？

艾蒿 肯定会造成伤害，过于强调价值判断肯定就是把诗当作炫耀自己的工具，对文学作品的阅读如果都变成粗暴的道德审判那就太伪善了，但作为创作者，我个人认为一些基本的底线是不能触碰的。布考斯基的一些诗里面确实有无可辩驳的厌女情绪，那不就是他的局限性吗？我们完全可以质疑，但同时也不影响我对他作为一名伟大诗人的认同感。确实，不仅仅诗人可以犯错，人人都可以犯错，这是无法避免的，人类本身的情感与行为都充满了各种矛盾与荒诞，这也正是文学艺术永远令人着迷的地方。

里所 释然有很多诗，都在写女性的境遇和女性的尴尬，你怎么评价她的写作？

艾蒿 我记得早些时候，我会对某个女诗人的诗歌创作抱有一些肤浅的偏见：她的诗受限于过多的女性视角如何如何。现在我才觉得我当时严重忽略了很多男诗人都热衷于在他们的诗歌里凸显他们的性别特征，那是一种开屏式的炫耀，而女性诗人大多有性别特征的诗都还在苦苦挣扎，所以像释然那样去写吧！鲜明大胆的女性主义，又保持着很好的艺术水准！

里所 你最初写诗是在哪一年？至今这整个过程里，你感觉自己经历过哪些大的阶段性变化吗？

艾蒿 我从1999年开始写作，从这个时候我就变得不自卑了；第二个阶段是上大学的时候，大概2001年前后，接触到《诗江湖》《橡皮》《他们》等网站，发现诗还可以这样写，进入了创作量比较大的阶段；第三个阶段是在2010年后的一段时期，我对布考斯基的诗进行了很长一段时间的模仿写作，这段时间的写作加深了我对语言精确度的锤炼，以及对诗歌创作的现代性有了更深的认识，另外，布考斯基诗的深刻性与复杂性让我意识到自己诗歌创作的单薄，那是需要用思考和经历去弥补的；第四个阶段就是2016年前后来重庆开始，我开始转向更自由的创作，这并不是说我已经到了怎么写怎么有的状态，而是不再拘泥于某些流派、某种主义、某种风格的写作，也只有这样写才能表达出完整的自己。

里所 你理想中的诗歌是什么样的？满意自己这两三年的写作吗？

艾蒿 我理想中的诗就是在不同的人生阶段自由地写出不同向度上的好诗。对自己这两三年的创作还挺满意的。

我总能轻易体会到别人的痛

里所 你诗中反复会出现一种可以称作"悲悯"的情感，为什么会这样？能感到你做了爸爸之后，作品里多了柔软和甜蜜的东西，你平时怎么和女儿相处，她带给你了什么?

艾蒿　可能是我从小就因为脖子上醒目的伤疤老被人嘲笑，总是自卑的缘故，而且也老受欺负，所以我总能轻易体会到别人的痛，希望他们不用经历我所经历的那些难过。我很爱我女儿，我尽量和她以朋友的身份相处，当然也免不了会训她，她给我带来的那么多幸福只能在诗里慢慢写出来了。

里所　嗯，从自我的疾患和所承担的嘲讽里，生出谅解和对他者的爱，这个过程很不容易，但经历过后，会有一种真正的成就感。2019 年的俄罗斯之行中，以及那之后，你都写出了很好的作品，那次文学之旅对你而言，有什么特别的意义吗?

艾蒿　像我这种国内旅游的机会都很少有的人去了一趟国外，那种冲击力就显而易见了，最大的感触是这次旅行打开了我原本就拥有的一面，就是庄严感和神圣感，这在我们当下的创作环境里大多人都是回避的。也不是没有道理，它被知识分子们和泛抒情主义诗人们给写臭了。但是身处俄罗斯这一切就变得顺理成章，厚重的文化氛围和三步一景的金色穹顶，让你内心不断涌起关于生存与信仰的思考与感触，在那里我更深地感受到阿赫玛托娃的诗是多么好，大情怀是对才华的考验，更是对诗人胸怀的考验，再想想泰戈尔的《吉檀迦利》，我还有很长的路要走。

里所　如果疫情之后，再有一次文学之旅的机会，你最想去哪里?

艾蒿　冰岛。

里所　为什么是冰岛?

艾蒿　我很想去体会那里的极夜，在外面到处都是冰雪世界的时候，体验缩在一个温暖的屋里的那种幸福感。还有，冰岛是全世界男女平等做得最好的国家之一。

里所　有时会觉得生活辛苦吗？写诗和生活、工作之间，有没有什么冲突？

艾蒿　我经常觉得生活辛苦啊，不过写诗和生活、工作之间没有什么冲突，反正我几个月才写一组诗。

里所　现在觉得重庆是你的家了吗？你会怎么形容这座城市？

艾蒿　还没有太多那种家的归属感。但重庆是我自从来了就再也不想离开的城市。

2020 | 11 | 12

释然访谈

忠于内心，坦诚写作

里所 第一次获得"磨铁诗歌奖"十佳诗人，给你的写作和生活带来什么影响吗？对于蝉联获奖，我看到你说觉得特别意外和激动，最近这三四年，算是你诗歌的丰收期吧？经历这些被看见、被阅读的过程，现在诗人的身份，对你而言意味着什么？

释然 说实话，第一次获"磨铁诗歌奖"年度十佳诗人，我是有预感的，当我写完《妈妈，我多想问你》这首诗时，我就感到我可以拿到磨铁的年度十佳诗人了。但是能够蝉联获奖，的确意外，感到诗歌之神太眷顾我了，非常感激"磨铁读诗会"能够为我、为诗人们提供这样的一个平台，让越来越多像我一样热爱诗歌，在不为人知的角落里默默写诗的人走进大家的视野。这个奖项，大概也是对我身为诗人的最高奖励吧，的确激动，但很快就平息下来。我朋友圈里大多是优秀的诗人，他们在诗歌方面取得了很高的成就，推动了中国诗歌的发展，却依然用饱满的激情去创作。作为一个涉入诗歌没有几年的我，根本没有资格炫耀，更不敢有丝毫骄傲，依然用初学者的心态对待写作。去年的奖杯在我的书橱里，我有时也拿出来看一下，还是沉甸甸的，这个奖项对我的影响就是提醒我：不要忘了你是个诗人。

里所 你是从什么时候开始写诗的？前后经历过什么风格的变化吗？最初为什么要写诗？

释然 写诗也是偶然。因为喜欢上网翻阅一些诗歌，当然大多数是传统的抒情诗。后来认识了几名诗人，拉我写诗，有幸的是我一开始接触的是口语诗人，在写作方面基本上没走弯路。我是2015年暑假开始正式写诗的，2016年2月我的一首诗《环》被伊沙老师推向新诗典，这算是我的成名作了吧，我很清楚地记得沈浩波老师说了一句：好诗！这首"上典诗"给了我莫大的鼓励，也让很多诗人认识了我，我也认识了很多诗人，从那以后我就跟随着中国最前沿的诗人们一直写到现在，写成了我现在的样子。所以他们评价我是口语诗培养出来的现代意义上的抒情诗人。

里所 你说自己生活在一个落后的城镇，保守的环境注定了你的孤独。但就文本而言，你却非常大胆而直接，是什么让你可以突破禁忌，展示自己的爱欲和貌似不合时宜的思考？

释然 我没事时喜欢胡思乱想，有一天突发奇想：我要是在这个城镇的某个地方公开上一节诗歌课会怎样？结论是：孩子们喜欢，家长们非把我赶下来不可。这里也有诗人，我也曾被拉入当地的一个诗歌群，结果不堪忍受其中泛酸的迂腐文字，我把自己踢了出来。现实中与我妈谈论诗歌较多，这与我妈思想新潮有关，当然也与我的家人有交流，这和他们接受的教育程度有关。刚开始写诗时，我先生比我还好奇，经常读我的诗歌，给我提一些建议，现在很少了，大概认为我是个老诗人了吧。虽然我生活的城镇落后保守，但我的家人开明，我写的每一首诗，我妈都认真读。我的朋友圈不屏蔽我的家人，我的兄弟姐妹都知道我是诗人，而且很为我骄傲。我也感谢他们，特别感谢我的父母教育出了好儿女。回忆这几年的写作经历，还是有变化的，好像越来越大胆，越无所顾忌。我也在思考原因，大概是因为我由关注外界转向了关注内心。我的一些诗歌，特别是被磨铁选发的部分诗歌，女性化特征很明显，大都是我从自身写起，忠于内心，坦诚写作。人到中年，思考问题的角度会发生变化，特别是两性关系由爱情变为亲情时，往往会忽略一方。我的心理年龄大概年轻吧，依旧渴望爱与拥抱。我也用女性的视角去看周围，然后把它们写进我的诗歌里，诗歌对于我来说不仅仅是记录，还有我的思考。

里所　你如何看待婚姻和爱情？

释然　我希望所有的爱情都通向婚姻，所有的婚姻都因为爱情。爱情是浪漫的、甜蜜的，婚姻更多的是责任与担当。摩擦、冲突、争吵都是婚姻的一部分，要相互理解包容，多为对方着想。一旦步入婚姻，就意味着你要为一个人付出与牺牲。

里所　你理想的生活是什么样的？

释然　"诗与远方"在我的身上能得到很好的体现，每一次独自外出，必与诗歌有关。我也想有说走就走的生活，有时间，有精力，更有激情和诗歌。

里所　你现在的学生们能不能看到你的诗？你觉得自己相比别的老师，多给了他们什么吗？

释然　在我的学生面前，我从不避讳我是诗人，这是给我这个语文老师的加分项。当然了，除去诗人，我还是位出色的语文老师，我经常会有选择性地把我的诗歌和其他优秀诗人的诗歌带入课堂。我的每一届学生里都有写诗的。作为诗人的语文老师教了学生另一种审美，特别作为口语化的抒情诗人给予了学生一种创新的精神意识吧。

用女性的视角审视内心

里所　你有很多诗在写女性的遭遇、女性的欲望、女性在今天社会环境里的艰辛，其中你的语气，有时是批判的，有时是自嘲的，有时又是非常失落和孤独的，为什么在写作中格外关注女性主题？

释然　我曾把这几年写关于性爱、婚姻、女性的诗歌做了个专辑，点击量超乎我的想象，得到了很多人的喜欢。对于真诚热爱诗歌的人，他们读到的更多的是一位女性的孤独、挣扎与渴求，甚至是一代女性的命运。大概因为我是女性，比较敏感。用女性的视角审视内心，同时也是其中困惑的一员，所以更擅长书写女性题材吧，下笔有时比较狠。

里所　是的，能感到你诗里的那种狠劲儿。狠、直接，也构成了你诗歌的特点或者说运笔逻辑。你会刻意追求这种"狠"吗？因为毕竟"狠"在读者那里容易产生效果。

释然　我是一个很温和的人，给人的印象也是平易近人，热情开朗。至于写诗为什么那么狠，我也说不清楚，大概思维使然吧，写诗时往往一气呵成，几乎不大修改，我不会去刻意追求什么，更不想夺人眼球。好诗就是好诗，就在那里摆着，诗人用诗歌说话，其他一切都是多余。

里所　有时会不会感觉到自己写作的主题有所重复？

释然　我从来不认为我的主题是重复的，因为它们来自我不同的灵感，我从来不刻意去写什么。如果你们跟读我的诗歌，会发现女性主题的诗歌只是我写作的一小部分。身为女性，写这类题材可能比其他人更擅长，也许是巧合，这类题材我写得还可以。但是写其他的诗歌我也同样优秀。

里所　如何看待艾蒿作为男性诗人成为坚定的女权主义者？

释然　我是校园里长大的孩子，老家是农村的。那是一个非常落后的村庄，只有五六百户人家。童年的记忆多是跟随父母在学校和老家之间辗转奔波。现在又生活在一个落后的城镇，所以我接触的人群，大多生活在底层，这使我多了一颗悲悯之心。正因如此，我更清楚地了解女性的生存状况，她们是生活沉重的一部分。艾蒿的诗歌我很喜欢，也支持艾蒿成为女权主义者。希望看到更多的男性像艾蒿一样尊重、关爱女性。毕竟这依旧是一个男权社会，女性依旧是弱者，而且这是一个很难改变的事实。

2020 | 11 | 12

侯马访谈

诗人的身份是一种命运的承担

里所 你一般会在什么时候写诗？如果总是很忙，很多天都没空写，你会有写作的焦虑吗？

侯马 里所，谢谢你忙于筹备"磨铁诗歌奖"颁奖朗诵会的同时，还能进行这样一个访谈，这也促使我思考一些与诗歌有关的问题。你第一个问题非常好，因为即使是职业写作，良好的创作习惯也至关重要，而对于我这样一个工作极为繁忙的人来说，什么时候能写作往往是致命的，我必须而且已经从思想上彻底克服了"忙"这个最容易原谅自己的借口。首先令人难以置信的是，我告诉你，我几乎从来不在工作时间写作，虽然那样做当然也有便利条件，而且有一种占便宜的感觉，但它最大的危害是不断地把你逼到职业选择的绝境。实际上置身任何一种职业中，怎么平衡时间写作总是一个问题。那么我什么时候写作呢，最通常的情况，一是心情平静、思虑平复的状态下，二是独处或者处在陌生人中间时（说真的，只有极少数亲人不会影响我写诗的冲动）。满足这两个最基本的条件，我往往立刻动笔，主要是见缝插针地利用时间。我有个习惯，就是在本子或备忘录里，时不时写下创作的灵感，或者叫线索，往往是一个关键词，或者是稍完整的一个句子。有"缝"时我即动笔，通常我不构思，但如果事先构思得成熟一些，那么这个"缝"有半个小时到一个小时即可。否则，这个"缝"就需要至少一个小时。如果有两个小时的空余时间，我往往会涌出一种"豪华"的感觉。现在我在内蒙古工作，去盟市出差大多数时候要坐飞机，许多空乘人员都熟悉了我在飞行期间打开小桌板写作的情形，这是我写作时很典型的一个场景。这里面要有一个自律，就是你要求自己不能硬写，也不能不写。既要挤时间，更要调心态。我告诉你如果我是真的忙，很多天都没空写那我也不焦虑，但如果是白忙或者瞎忙，不得不跟着耗时间，就会有一种厌倦情绪，而这时往往一首好诗就能拯救我的心情，仿佛时光又被注入了意义。仔细琢磨一下，我对能否写出杰作的焦虑大于对不写作的焦虑。《他手记》之后，特别是2017年以来，我处在一种稳定的写作习惯中，不担心没时间，担心写不出需要很专注、很缜密才能够达到的藏在命运深处的诗。担心写不透彻。最常见的就是受世俗观念、陈腐观念、平庸思想、软弱情感的沾染。

里所 对，自律太重要了，诗快来但还不来的时候，诗人要站出来迎接诗，要把诗从什么地方拽出来，永远等待灵感从天而降的写作者，反而显得太业余了。你关于如何找"缝"写诗的这段分享，细致得简直是把我们带到你写诗的"案发现场"。对你而言，写出一首好诗的意义，往往都会大于生活中其他事情的意义吗？

侯马 的确是这样的。但如果你要心安理得又明目张胆地承认这一点，就一定要把其他该做的事情做好，该尽的责任尽到，该付出的无私地付出。别人把有用的拿去，我们留下无用的珍惜。

里所 你一直保留着在纸本上用笔写诗的"古老传统"？我想起有几次你给我稿子，都是拍给我你的手稿。手写更有写作的仪式感吗？

侯马 又是一个我喜欢的问题。我也在手机上写诗，但总觉得写在手机里的诗，像容易被遗忘的士兵。而我的写诗本，一首接一首诗，一本接一本，像一座宝库，不仅有仪式感，还有成就感。不过最重要的是，有效的习惯保障有效的品质，我的写诗本也总能带我进入一个状态，它也只收录品质相当的作品。我去年写了大约6本，而今年到目前为止已经有8本了。就是那种常见常用的可以被称为记事簿的A5大小的本子，看上去普普通通没有差别，而实际上它们差别很大。我在启用每本之前都会斟酌比较再三。厚一点还是薄一点，要根据我最近的忙闲以及规划中作品的体量。大一点还是小一点，要看我打算出门时把它装在口袋还是公文包里。最重要的是封面的颜色，红的、黄的、棕的、蓝的，就连浅蓝和深蓝都有区别，必须有利于杰作的诞生。

里所　哈哈，所以哪种封面的颜色，比较有利于杰作的诞生？

侯马　近期选蓝。

里所　对比20世纪90年代至2010年的写作，自己怎么评价最近10年的作品和书写状态？

侯马　至今30年创作的时间，不长也不短。从1990年到2000年，准确说是从1989年我进入自觉写作状态开始到2000年，整体上我处在纯诗写作向先锋写作深化阶段，相信天才这回事，相信灵感，自恋自己的几乎每首作品。2000年至2010年，可以说是认识自己的阶段，自省、怀疑、反思，并有了一点更实质的诗歌抱负，通过认识自己认识社会，倾心抵达真实，采用一种批判的思维模式。最近10年我在自己心目中的形象逐渐鲜明了，写作更自由，思想更透彻，精神更谦卑，写我更无我。我甚至有了不关心发表的真实想法，写出就是抵达，写出就代表我克服了精神的一个盲区，甚至也抵达了诗歌的一个无人区。

里所　诗人的身份，对你而言意味什么？从开始写诗以来，这个身份的质感和重量，在发生什么变化吗？

侯马 讲真我很少能意识到我是一个诗人，也几乎从不以诗人自称。现在是网络时代，周围绝大多数人都知道我是一个诗人。我经常被人当面介绍为一名诗人，我一般都不接话，尽量谦虚一下，仿佛自己知道配不上诗人的称谓。但我的确是一个诗人，这不是一个现实角色而是一种命运承担。一方面，作为一个自幼就敏感的人，诗歌甚至赋予了童年时那个貌似不懂事的我一种历史感和文学感，让我的童年也有了人文意义和价值。比如说，"文革"时期我从1岁到9岁，但这段历史在我的笔下被写出来时，我几乎完全是一个亲历者、见证者，并且是平等的记录者。之后我又进了北师大，接受了假如作家也可以培养的话能得到的最好培养，这点咱们从任洪渊老师的去世在我们心中引发的深切长久的怀念之情可以看得很清晰。我也碰到了一生最重要的朋友，他们构成了当代最自觉最自律的一个文学场，在历史上将成为一个语境。如果说在中国当代文学的艰难探索里，我不是那个探头的话，那么我也认识到自身最宝贵的一个品质是坚定。另一方面，诗歌教育了我。假如我对诗歌恒久保持最初的真诚，诗歌必给我最可持续的意义。它总是在最本质的底线，告诉你真伪，告诉你什么毫无意义，什么持久永恒。但这一切都在写之中，只有写才发生，而不是在别的时刻。

里所 那你写诗的时候，一定很有荣誉感吧？因为上面提到你是一个很有使命感的人。你为了什么而写作？

侯马 对，我身上使命感很强。它可能源于我自幼就有的一种平等观念，一种不能容忍人欺负人的正义感，一种对长辈亲友的眷恋，一种对人类创造奇迹的追求。而服务型的职业生涯和无功利的专业作品都在不断强化这一感觉。我在呼和浩特的满都海公园围墙上，看到了戚继光的诗句："一年三百六十日，多是横戈马上行。"这是用时光和生命写的一句诗。

诗人不应当是弱者

里所　因为特殊的职业，你应该见识过太多人性、人格的悲剧和生命的残酷之处，乃至社会和生存法则的强硬，这些经历在如何影响你自己，以及如何进入你的诗歌？

侯马　我有一个观点，是个常识，但社会普遍不认可，即诗人不应当是个弱者。我讲的不做弱者，主要指思想上、精神上首先不糊涂。诗人不要在诗歌中自欺欺人，不要伪饰自己。我强调真实，首先是客观的真，我们对写下的句子，要认真地问一问：是这样的吗？真实的情况我们了解吗？我们写下的是别人或者自己真实的认识吗？我这首诗歌真实的动机是什么？我自己感觉还满意的诗，首先是让自己不脸红的诗。一首诗能经受住这三问，就能不屈弱。

里所　其实你有很大一部分诗歌是充满温情的，柔软的，这种写作是自觉或不自觉地对现实所见的一种校正和平衡吗？

侯马　诗人永远要站在弱者一边。我相信善的力量。

里所　你的儿子瑠歌也开始写诗，并且越写越好，你会很开心吧？你怎么看待父子之间这种在诗歌和文学上的传承？你觉得瑠歌目前的诗和你的诗，最大的不同之处是什么？

侯马　瑠歌走上文学道路完全超出我的期望，说真的我都没敢奢望这点，因为我知道这就跟圣女受孕一样，是命定的但也十分偶然。没有比这更好的选择了，没有比这更让我欣慰的了。

里所　你怎么看待现在年轻诗人的写作？包括这次获奖的 90 后诗人

吴冕，他们真正进入诗歌的速度，好像比我们（80后、70后、60后诗人）都要快很多，你如何看待这种汉语诗歌的加速度？

侯马　吴冕给我印象深刻的诗，一首是《马》，粗壮的排泄的声响。还有一首《愤怒》，写他发现自己诗里失去了愤怒，因为签了房贷协议就仿佛与世界签了同意书，大意如此吧。写得锐利成熟，是已经具备先锋诗人世界观的那种锐利和成熟。90后诗人令我印象最深刻的作品，还是曾璇的那首《爸爸的新女人》，"喊姐姐，喊姐姐"。吴雨伦我一直关心，他最初就表现出一种惊人的平衡能力，在思辨与感性之间，在前卫与经典之间。瑠歌是真洋，也真现代，我很清晰地了解他的阅读史、受教育史。他们这一代年轻人的生活是与我们祖先的生活区别最大的一代，当然也会有不一样的精神景观。我对他们这代作家中出现那种很纯粹的文学大师抱有期待。

里所　你生命中有没有什么特别遗憾的事情？

侯马　我做事从不后悔，"新诗典"不是还选过我一首《一切都是最好的安排》。但你这个问题像是一块巨石撞进了我心里，我同时感到痛楚和空虚，也许就整体而言，生命本身就是一个遗憾。

里所　如果用一种声音形容写诗时你心跳的声音，那会是什么声音？

侯马　这个问题让我首先想到的是你一定在写作时，听到或感受到了自己心脏跳动的声音。而我，可以说写作时甚至从来没有想起过心脏，它是静默的，隐藏在思考背后。前面我说过写作时我需要心情平静，而尽管很少但确也有心绪难平、思虑万千的时候，这时候我倒也会借助声音，借助一些比较固定的音乐，一个是从维也纳街头带回来的一位女歌唱家的歌曲，一个是从芬兰岩石教堂带回来的钢琴曲。我把音量开得很低，总是很快就能进入写作状态。如果想象一下写作时我心脏跳动的声音，我想大概类似星辰运行的声音。

里所　10年后你应该还在写诗吧?

侯马　再一次谢谢里所。你知道答案。

2020 | 11 | 13

吴冕访谈

让下一首诗更好，更不一样

里所　最初写诗是因为什么契机？受过哪些诗人特别的影响吗？

吴冕　最初是因为我高中时喜欢一个女孩，那个时候我们都是文艺少男少女嘛，我就给她写了首诗，哈哈。高中我读到的还是海子和顾城那些朦胧派诗人，后来我在一本杂志的诗歌版里读到了商震和一些其他当代诗人的诗，我就觉得明显比我之前读的更好懂一点。我18岁那阵子特别迷摇滚乐，特别喜欢张楚，因为张楚我就读了伊沙写的《黄金在天上舞蹈》，里面有一些诗句让我更喜欢了，我觉得我也能写这样的。我找到伊沙的微博，于是知道了"新诗典"，每天一首一首地读，每条点评我都看。后来在西安上大学，我也参加了"新诗典"很多活动，见到了很多诗人。从诗歌上讲，很多诗人都影响过我，举两三个重要的，譬如韩东、伊沙、沈浩波等等，也有些诗人是某一首诗特别能启发我。

里所　这两三年，你的好几首作品，忽然就被大家记住了，这对一个年轻的新诗人来说，已经很了不起，其实很多读者、诗友一定都还不太了解你，所以请向大家介绍一下你是一个怎样的人，以及是一个怎么样的诗人。

吴冕　我觉得我平时是一个蛮无聊的人，比较宅。我还是典型的天秤座，做事情犹犹豫豫纠纠结结。比起很多诗人我写诗其实蛮少，我有时候总想让下一首比上一首要好或者有一些新的尝试，不想让这首诗写出来仅仅只是成立而已。

里所　哈哈，我也是天秤座，我的经验是后面慢慢就会不纠结了，会变成不典型的天秤。你很喜欢音乐？除了摇滚还喜欢哪种曲风比较多？自己也玩什么乐器或组乐队吗？

吴冕　我最近喜欢听一些爵士和实验音乐，就是很单纯的喜欢，我愿意花很多时间去查资料了解这两种音乐里细分风格的区别。我自己平时会弹弹吉他，我技术蛮差的，但我觉得技术也没有那么重要，我照样可以写难听的歌。我在网易云音乐发的歌，点赞最多的评论说我比左小祖咒唱的还难听，我还挺开心的。

里所　《愤怒》那首诗里，你貌似写了一种向现实的妥协，但题目却是"愤怒"，妥协容易吗？妥协就可以了吗？毕业初进社会生活的这一年，最大的感触是什么？

吴冕　妥协当然不容易，妥协也不能解决问题。但是妥协后的生活变得更容易了，你不会跟世界那么较着劲了，很多东西也就得过且过，昨天还在西毒何殇微博看到他说的一句话，"活活而已，何必当真"。不过话说回来较着劲又是为什么？每个人应该都有自己的答案。毕业后一年多，我首先感受到的就是属于自己的时间变少了，你把时间卖给了公司，它月底给我发工资，周而复始。因此一天大部分的时间是不属于自己的，留给我思考的时间变少了。

我的奇怪想法让朋友们很无语

里所　在你给人留下深刻印象的诗里，都会有思维的亮片闪烁其中，比如《马》里面像硕大水龙头的马的生殖器，《亲爱的》里面，你梦到的"她"的形象是"一种白蒙蒙的物质"，《食欲的产生》里，你的思维会从面前的一张饼，延伸到100万年前猿人祖先的食欲。或者呈现为一种令人意想不到的思维跳转，比如有一首诗里，你从一段和女权主义者之间的对话，转到哲学范畴的话题："一个人穿越一道门／一道门穿越一个人。"这些诗歌思维是怎么形成的？

吴冕　这个问题挺难回答，可能我的思维就是比较奇怪，我身边的朋友有时候会觉得，我的奇怪想法让他们很无语。

里所　除了写诗，你还写或打算写别的文体的东西吗？

吴冕　我最近想尝试着写短篇小说。我最近在读裘帕·拉希莉、埃特加·凯雷特的一些书，还有双雪涛的短篇，但我觉得还是需要再多读读再下笔。

里所　现在新写完的诗，会和什么诗友、朋友交流吗？对自己一首诗好坏的判断，自己有清楚的直觉，还是会更在意别人说它好不好？

吴冕　现在不会，但有些诗我会放一放，过两天再看。刚开始写诗的时候会比较在意别人的评价，或者点赞。现在我的想法是，只要写出自己想写出的效果，这首诗不是装的，而是真诚的，这样就足够了。至于有没有完成好，我还是比较相信自己的。

里所　你和你身边的年轻诗人，怎么看待"磨铁诗歌奖"？

吴冕　大家当然很喜欢"磨铁读诗会"，很认同这个奖项。

里所　你读侯马的作品多吗？他诗里的哪些特点会打动到你？

吴冕　我没有整体地读过侯马老师的诗，都是在公众号零星读到的。我觉得他是全方位地写得好，举重若轻的感觉，很多诗我都会反复琢磨。他的诗有一些发狠的，也有一些往虚里写的，我喜欢他在诗里指认出世界残酷的那种感觉，好像在说：看吧，我把遮羞布给你们揭开了。

里所　你觉得未来是什么颜色的？

吴冕　我觉得大概是白色的，白色是城市的颜色，是人类力求达到的颜色。

2020 | 11 | 13

2019年度
汉语最佳
诗歌100首

比赛 艾蒿

两个乒乓球台

正打球的四个老头

突然聚成一堆

摘下各自的手表

比谁的时间

走得最准

艾蒿《比赛》入选理由

角度之新颖，语言之推进，情感之真切，三位一体，构成了一首高级的诗。

我所拥有的   艾蒿

在这人烟稀少

寒冷又广袤的土地上

只有大地与我耳语

如果你不能与我

分享孤独

就不要打扰我的孤独

它离愤怒仅有

一步之遥

艾蒿《我所拥有的》入选理由

经典！穿越传统与现代的经典诗歌。

我的世界   艾蒿

我还远不够完整

所以在这里

所以此时

我心怀虔诚

在异域金色穹顶的

钟声下

我长出了翅膀

那是我的身体本来就

应该拥有的部分

艾蒿《我的世界》入选理由

一首内省的诗，却写出了宗教感、超验感和超越感，为何能如此？诗人在诗中有答案："我心怀虔诚。"不断自省和重新确认自己是生而为人的基本功课，艾蒿用这首短诗，建构了他更趋向完整的精神世界。

无题　　　　　　　　　　　　　　　　　　　　　白婧妤

淅沥沥的雨滴

带落树枝顶端的落叶

就像一个姑娘与情人私奔

还没走远

马车就被摔得四分五裂

白婧妤《无题》入选理由

一个漂亮的比喻，一个浪漫的比喻，一个好玩的比喻，一个精彩的
比喻。

手机   陈克华

好久没出现的李小潼

出现在群组里

送来了讯息：你们那边

有下雨吗？

这里大雨倾盆——梁大志回他：

没有唉，昨天晚上就停了。

群里有人问：李小潼

你不是已经死了吗？梁大志

都已经死了那么久了。

刹时我手中的手机

化作黄纸

一捏

就碎了。

| 陈克华《手机》入选理由

手机突变黄纸，一捏就碎了。神来之笔，奇崛陡峭，惊心动魄。现实中凭空生出超现实。

至神秘

陈克华

宇宙间再没有比排卵这件事

更神秘的了——

因为之后

可能

生殖——因此

也没有比一个女人

心甘情愿让她巢中的卵

受孕

这件事更神秘的了——

——那时整个宇宙缩小

纳须弥于芥子般

成形为一颗小小的受精卵

而它将长成一个宇宙

而它将改变命运的宇宙——

全宇宙再没有比这更神秘的事了

像满月的潮汐里

上岸产卵的海龟，静默地

把月光埋进午夜的沙滩——如果

这些都不神秘，不再神秘，不能神祕

那我们人类就会被无情地掘出

在烈阳下

曝晒

至死。

陈克华《至神秘》入选理由

至美之诗。语言之美与生命之美浑然一体，如同混沌初开，至原始，至神秘，至幽微。

这时代   陈克华

我喜欢看男人
自在跷起二郎腿
抽烟时
眉头微皱

我喜欢看女人
俯首低眉
旗袍领
耳下珍珠微荡

从前这叫懂得欣赏
现在这叫性别歧视

陈克华《这时代》入选理由

到"耳下珍珠微荡"时，细节之精美动人，已令人叫好；结尾两句出，则令人
叫绝！

玩具娃娃   春树

他的蓝眼睛眨巴着看着我

睫毛很长

他嘴巴里有一块棕色的东西

像长了牙

我替他抠了出来

他看着我

不哭不闹

我继续替他清理脸上的脏东西

我本来就是个妈妈

哦！我没有办法

我把他倒过来放到沙发上

他后背露出了胶带

生产标签上写着

"中国制造"

| 春树《玩具娃娃》入选理由

"我本来就是个妈妈"，简单的一句，动人极了。庸常生活中，有至简单而又至
美之诗意，就看谁能写出。

在成都谈到me too   春树

我们正坐在沙发上聊着天

突然听到提问

你怎么看待 me too

我没想到

会在成都谈到 me too

会在成都的朋友家里谈到 me too

会在成都朋友家里舒服的沙发上谈到 me too

会在成都朋友的新房舒服的沙发上谈到 me too

我的老友同时也是帅哥还是诗人

坐在我旁边的沙发上听得很认真

他的妻子问我这个问题

他没有说话

从他的姿势和表情我知道

他听懂了他站在我们这一边

他完全不需要说什么他和我们一起 me too

春树《在成都谈到 me too》入选理由

关于 me too，春树有诗，这很重要。没有横刀立马，怒目金刚，而是温和平静，舒缓从容——着笔于理解和温暖。

课堂上

十一岁的孩子

又高又大

比我高半个头

在我批评他后

他横着眼

拿根木棒走向我

我说：你是个好孩子

请回座位坐好

我知道

他一棒把我打死

是不负法律责任的

宴 独孤九

夏天上午的阳光明晃

猛烈

像一把大刀的立面

大刀的立面闪亮

光滑

如同一面镜子

蓝白的天空

起伏的山峦

错落的楼房

静止排列和行驶中的车辆

熟悉的人类

陌生的飞鸟

一扇窗口里面

一个盘腿抽烟喝茶

使劲往镜子里面看的人

他看到了一把大刀

正用力向下切

继续切下去就是黑暗内部

山崩地裂　生命哀嚎

一刀接着一刀

一切都碎了

鲜血混着其他的碎末

他最后想到的是

一大锅肉糜

和宇宙

在黑暗中质变

独孤九《宴》入选理由

一首彻底的诗——诗中那把刀劈得彻底，劈开了整个世界，雄伟而悲壮，动人心魄。

对视   杜思尚

十五岁的夏天

我一个人站在工厂大门口

发呆

身后有喇叭在响

我仍在发呆

一个满身横肉的男人

走向我

大声呵斥

是不是不想活了

我如从梦中醒来

直直地瞪着他

他转身走向卡车

拿出一根铁棍

我和他

对视了一会儿

才慢慢地

挪到路边

一直活到今天

| 杜思尚《对视》入选理由

强大的真实。入骨三分。结尾如画龙点睛。

梦   东岳

梦到自己在审理

中国最大的一起

刑事案件

那人的脸面模糊

看不清男女

只有好多钱

好多条命

在梦里

如红色的雪花飞舞

东岳《梦》入选理由

好多钱，好多条命，在梦中像雪花般飞舞。九行之中，有整个时代。有痛切，有悲悯，但东岳什么都没说。

奇迹 韩东

门被一阵风吹开

或者被一只手推开。

只有阳光的时候

那门即使没锁也不会自动打开。

他进来的时候是这三者合一

推门、带着风，阳光同时泻入。

所以说他是亲切的人，是我想见到的人。

聊了些什么我不记得了

当时我们始终看向门外。

没有道路或车辆

只有一片海。难道说

他是从海上逆着阳光而来的吗？

他走了，留下一个进入的记忆。

他一直走进了我心里。

韩东《奇迹》入选理由

这是动了真情的诗，情感如钉子般深深扎入心灵，所以才写得如此温暖而透彻。

长东西   韩东

他拿着那根长东西开始走楼梯。

变化方向，长东西跟着旋转。

必须小心翼翼，不能损坏楼道内的墙壁

这就需要一定的角度和技巧。

他在那儿耍弄那件长东西的时候

34楼的业主和工头正互发微信。

"怎么还没有开工？"

"早就开始送料了。"

实际上，自从走进安全通道他就再无声息。

业主和工头继续着他们的催促和推诿

没有人提到那个正在走楼梯的人。

工头是不屑于说，而业主想不到

（他只是惦记着电梯门）。

那个人继续走着

带着那件被汗水擦亮的长东西

暂时与世隔绝，并逐渐从深渊升起。

韩东《长东西》入选理由

教科书般的韩东诗歌。语言显现出了绝对的力量，就在普通的人世间中，重新
建筑一个新的、陌生的、神秘的而又确实存在的世界。

结

韩德星

爷爷是套牲口好手

给骡子上鞍子、上脖套、上笼头

再架上车

装麦子、豆子、花生、棉花

他都会打出漂亮的活结

手腕粗壮，灵光

他最后给自己

也打了一个结

我没能目睹

对于一个半身瘫痪的老人

又站在凳子上

没有一辈子的功底

是打不出来的

韩德星《结》入选理由

从语言和技术的角度说，这首诗近乎完美。从立意而言，是一首悲壮的生命之歌。

入殓师　　　　　　　　　　　　　　后后井

初学的时候

要画千百种脸

学会后

师傅只让画一种

众生平等

闭上眼都一样的

没全听师傅的

只按亲属要求去画脸和上妆

画来画去觉得确实都一样

仍然自作主张地划分出两种

男人一种

女人一种

极少会有第三种

但要碰见死不瞑目的

安抚到瞑目后

她会细致地

再描一条线

让逝者微微张开眼睛

后后井《入殓师》入选理由

动作细微的诗，声音很轻的诗，如同入殓师正在工作，但其中深藏着风暴——
诗人在叩问生命。这是一首心灵丰富的诗。

两条人命 黄海兮

两家人住隔壁
互相骂架
东家的猪吃了
西家菜园的白菜
于是，西家的女人
撒了农药毒死了猪

东家把死猪抬到了西家
西家的女人
于是喝农药死了
西家把死人抬到了东家

东家的女人
于是上吊死了
东家接着把死人抬到了西家

一头猪和一条人命
比起另一条人命
他们都在议论
谁家的损失更大

黄海兮《两条人命》入选理由

强烈而荒诞，如同先锋派的实验话剧，但这不是戏剧，是真实。这残酷的荒诞，是生命之日常。

死后的世界 　　　　　　　　　　　　　　海菁

我想要

死后的世界

是这样的

现实中的

动物

变成了神兽

现实中的

河流

变成了热巧克力

而我看见的人

不是骷髅

而是灵魂

海菁《死后的世界》入选理由

孩子写的诗，通常以灵气取胜，容易写成童话，这首诗在写成童话的小路上，
笔锋突然强硬，直指灵魂。作者9岁。

给领导发福利了

寒玉

一年春节

鼓足勇气

初次敲开

领导的家门

只他媳妇在

我把东西

急匆匆

往地上一放

贼一样转身下楼

等冷静下来

恨不得抽自己

竟然没告诉她

我姓啥名谁

干什么的

寒玉《给领导发福利了》入选理由

太好笑了，太心酸了，太真实了。

星星　　　　　　　　　　　　　　　　　何小竹

山上的夜晚

能看见很多星星

有的亮一点，大一点

有的暗一点，小一点

据说大的离我们近

小的离我们远

我和父亲并排坐在门前

仰望天上的星星

父亲几近失忆

连许多地上的植物都叫不出名字

但当我指着天空问他

那些是什么

他一下就说出了

是星星

┃ 何小竹《星星》入选理由

┃ 写得动人，是那种被什么东西轻轻扎了一下的动人。

他喊一声

黑瞳

平静的湖面

他喊一声

她的名字

如下鱼钩

她心底的鱼

从四面八方涌来

黑瞳《他喊一声》入选理由

这个感觉太好了，令比喻如天成。

月亮 黑瞳

他说

小时候有次

正要吃一个饼

邻居和他说

"我帮你变个月亮吧"

他交出自己的饼

邻居咬了一大口

那饼，果然

像一个弯弯的月亮了

他是后悔了

可后来

他又娶了一个诗人

黑瞳《月亮》入选理由

这首诗的脑回路太有趣了，非常漂亮的转折，看似毫不相干，细想却天衣无缝。

我 　　　　　　　　　　　　　　　　　　　　洪君植

独处的时候

读书，译诗，看电影，听音乐

望着天花板胡思乱想

有时我还妄想自杀

到自由女神像顶层跳下去

黄昏到黎明

黎明到黄昏

跟着思维继续往前走

突然，一声巨响

隔壁的另一个人

从百年老楼六层跳下去

替我

洪君植《我》入选理由

谁此刻在世上某处死 / 无缘无故地死 / 望着我（里尔克）。洪君植用一首可以媲美的诗，直接给出了回答——"我"！替我而死者，没有望着我，他就是"我"。

圣诞夜   侯马

在德国的腹地
茫茫雪原中
一座孤零零的
假日酒店
客人全走光了
只有一个中国旅行团
和一些不知为何不回家的老人
我穿过餐厅时
对其中一位手持刀叉的先生
说了一声
Merry Christmas
这时我听到
所有的老人
停下刀叉
抬起他们苍老的面庞
一齐说了一声
Merry Christmas

侯马《圣诞夜》入选理由

只有对人类的情感有深刻的洞察，对生命有关照和敬意。才能写出这样的诗篇。非常典型的侯马式经典。

烟

侯马

她点燃一支烟

轻吸一口

然后递给我

有时我会停下车子

吸几口后

还给她

她吸烟深

大理石塑像般沉美

但是她听我的话

基本上戒了

在她彗星般逝去以后

回忆起来

这样宁静的场景

才不会让我心口钝痛

侯马《烟》入选理由

回忆中宁静的场景，读来尤令人心口钝痛。

衰老

侯马

你在美院上学
人体写生课
有一个老年模特
私处灰白
缩成一团
许多同学脸红
草草画毕
而你
仔细描画
忍着恶心
悲哀胜于羞涩
这是你当年
难以接受的衰老
你
真的永远
不会迎来衰老了
而我昨日游泳
发现下面
已有几根白色
呵，这就是你说过的
令人悲哀
令人恶心的衰老
来了

侯马《衰老》入选理由

一场对话，饱含深情！现实与回忆，串连成一条生命之河，诗人与之对话的那人，永恒地站在水中央。

种子   姜二嫚

路上

一粒干瘪的种子

躺在石板缝里

抽着烟

说不打算

萌芽了

姜二嫚《种子》入选理由

这颗赖兮兮的种子真像个小流氓。把地上的一颗种子写得这么生动，也就是姜二嫚了。

名字

姜馨贺

外婆家

活了一辈子的鸡

突然都有了名字

有只叫大年三十

有只叫一月二十八拜神

有只叫姑表妹要来

还有只叫清明节

这分别是

宰杀它们

的日子

姜馨贺《名字》入选理由

一群突然有了名字的鸡，一群名字很有意思的鸡，然后，姜馨贺一刀就剁了下去。

在我家楼下的人行道上

走着一位目测一米八的高个子

穿深蓝羽绒服

戴黑色毛线帽

微低头

旅游鞋

内八字

驼背

走路慢

我从相距二三十米

没眨眼

盯着他看

走近了

才发现那人也瞪着我

不是我爸

确认完毕

无论几世的轮回

我都能认出

他的眼睛

简天平《确认练习》入选理由

情感非常结实的一首诗。结尾令人动容！

于恺说：让我们正式开始吧

蒋雪峰

人到齐了
于恺端起杯子：
"让我们正式开始吧"
叮叮当当碰成一片

酒过三巡
"让我们正式开始吧"
酒过六巡
"让我们正式开始吧"
白酒喝完了喝红酒
"让我们正式开始吧"
红酒喝完了再拖几件啤酒
"让我们正式开始吧"

酒过 N 巡
举座皆静
······
于恺斟满酒
悄声对自己说：
"让我们正式开始吧"

蒋雪峰《于恺说：让我们正式开始吧》入选理由
别废话了，让我们正式开始吧！

震后萝卜寨　　　　　　　　　　　　　　蒋雪峰

十年后　变成两个寨子
旧寨已毁

新寨已成景区

在新寨　一个当地壮汉　把一只羊杀后
血星星点点　被拖成一条路　羊钉在墙上
慢慢剥皮　羊温顺地
看着他
一刀一刀　从头到脚
眼睛一直没闭上
壮汉叼着烟　不看羊
一个戴着玉镯的漂亮女人
在旁边指指点点

蒋雪峰《震后萝卜寨》入选理由

一切都在场景中。这首诗的场景感写得好。场景是诗人通过语言将主体意志与
客观世界连接的最有效方式。

我和你∞

蓝蓝

我和你∞

我和你松树，我和你岩石

我和你 ≠ 我 + 你

我和你微风，及我和你曙光

我和你 n 次方之幂

我和你女性，我和你男人

我和你微观粒子的不可分性

我和你与你和我之融合于

你和我与我和你的完整玫瑰

你的我你之手

我的你我之足的行走

谁是绝望的一个人你？

谁是存在的一个人我？

不存在如此的存在。

存在属于邀请你踏入你我之大海

存在始于将我投身于你的

你我。你即你我所赠予礼物的礼物

我将从你的嘴说话

说着我自己的你

如果还有第一哲学的伦理

那么这就是。

蓝蓝《我和你∞》入选理由

一首特别的诗。很少见到蓝蓝这么充满实验感的诗，语言和形式完美地拓开了
诗的宽度和深度。

盲

我的双手——一捧土

这土里仅有一棵绿芽

绿芽有很长的根须

这根须在夜里

从世界的别处吸取营养

来供养我的身体

你很难想象

它还开出了花儿

长出来了我的眼

李柳杨《盲》入选理由

又是李柳杨式的奇思妙想，她总能形成诗之奇异。

沈浩波和里所在激烈地讨论诗歌

我在玩旁边的椅子

一只手按上去

波光粼粼的

好像一条河

李柳杨《2月22》入选理由

这个比喻太漂亮了，很高级的那种漂亮。感觉好。

鹅

它伸长脖子直刺前方

扇开翅膀

啸叫着在我身后追咬

我吓得大哭起来

白鹅冠顶的肉瘤饱满而肿胀

两粒机警的小眼睛

闪着执拗的光

像极了一架直升机与一条蛇的

混合体

父亲一脚踹飞了那鹅

拽起我的毛衣领子

把我拎到自行车上

"你知道鹅为什么敢

追比它大很多倍的人吗"

见我摇头

父亲说鹅的眼睛

像一个凸透镜

它看到的一切事物

都变得很小很小

它才总有巨大的自信

多年后我想起这场对话

眼见父亲种种集勇气

自负于一身的时刻

眼见他经受的每一次挫败

我终于知道了

父亲就是那只鹅

里所《鹅》入选理由

一首沉潜有力的诗。里所的诗，有很强大的内在力量——生命力。

那时我们是真需要彼此   里所

我们站在屋檐下

看姑姑家刚生产过的小母狗

瘦瘦却舒展地

卧在干草窝里

失去所有孩子后

她正慈爱地

奶着一只

饿晕了的流浪猫

这对跨越物种的母与子

奇妙地相拥在一起

回家路上紧紧

牵着手的我们

手心都出了汗

那天我们是真的

需要彼此

里所《那时我们是真的需要彼此》入选理由

很敏感的一首诗，生命的敏感、身体的敏感、心灵的敏感。

我总说他像小豹子
这没什么新意
女人喜欢把她们的男人
形容为豹子、虎、小狗
他的乳头就是这些动物
鼻尖的颜色
每当我像婴儿轻轻舔过
他就有了母马、鹿、绵羊
湿哒哒的神情
他小腹疝气手术的疤痕
仿佛做剖腹产时留下的
而我正好来自那里

| 里所《男母亲》入选理由

| 越写越成熟的里所，显露出了其最卓越的特点———身体感。

变异

莲心儿

在医院养的花儿总变异

白色的蟹爪兰开着开着就有了粉色的

粉色的玻璃翠开着开着就有了红色的

黄色的海棠开着开着就有了白色的

这次开了快一个月的龙吐珠

紫色的花朵开着开着居然又有了几朵蓝色的

我能不能也变异呢

长出一双能走路的腿来

莲心儿《变异》入选理由

最高级的通感，不是视觉听觉味觉嗅觉的交互，而是将心灵作为一种感觉器官，将目之所见交互进心灵深处，形成深刻的生命体验。

灯

偌大城市
一灯亮着

灯下跪着
一地人影

刘川《灯》入选理由

冷峻无情地揭示和嘲弄，向来是刘川诗歌的一大底色。

小镇   瑠歌

芝士在厨子阴郁的注视下

融化在肉饼上

七十岁的女招待

拖着双腿

端上薯条炸鱼

谢谢

一位常客说

晚上别喝太多了

崔西

日光照着

门口的苍鹰

和红袜队球杆

这里的人们

不错过一场比赛

并热爱美国

瑠歌《小镇》入选理由

非常现代的写法。场景写得好，意象选得好，构成氛围，托起了原本普通庸常
的生活——诗意正在其中。

我们那儿的农民

管这叫玉米糊糊

干完活儿后

蹲在地上

滚烫一大碗

五十多岁

多患食道癌

不出数月

病死于省会医院

黄土高原上

数代人

的宿命

年幼的手臂

被玉米棒子的叶片划出血道

在太阳下

毒烤

于是一生发誓把它熬烂

咽下胃里

瑠歌《轮回》入选理由

既写得了洋的，也写得了土的，瑠歌体现出了他的天赋和视野。这首诗写得有力量，一种年轻诗人开始注视这个世界时的原初之力。

梅花

绿鱼

我爸爱喝酒，尤其爱喝啤酒
他以前喝啤酒时
都是直接用大牙咬开
具体做法是
把啤酒瓶口塞到嘴里
利用巧劲，啪！
一枚盖子便滚落在地

要是我肯用点心
收集
他喝过的啤酒的盖儿
并把它们一一摁在地上
如今，那得是多么大的
一片梅花啊

绿鱼《梅花》入选理由

咬开瓶盖的细节，写得传神；一片梅花的比喻，更是将此诗托举了
起来。

我喜欢你　　　　　　　　　　　　　　　　　　　　　**路雅婷**

像童年时拔掉小鸟的羽毛

把蚯蚓一切两半

像撕裂蝴蝶的翅膀

敲碎蜗牛的壳

像把萤火虫

留到第二天的清晨

像……像……

我就是这样

喜欢着你

｜路雅婷《我喜欢你》入选理由

｜五个狠心的比喻，构成了一首挺狠的情诗。

冬眠者   毛焰

我在沙发上睡着了

时间不长

嘎嘎躺在我的肚子上，它一定

比我睡得好

很难想象它柔软的脚掌下

完美的收敛着锋利的尖爪，或许

它只是佯装睡着了呢

我确实短暂地睡着了

脑子里，掠过一些飘忽不定的梦

其中，我用自己白色的胡须

蹭着那几根细小孱弱的

兰草，像一个

游离在外的冬眠者

而我自己的爪子，遗忘在了某处

毛焰《冬眠者》入选理由

杰出的当代画家毛焰的诗，笔触细腻，一如其画。在真实上面，轻涂几笔，便
笼罩了一层幻梦感。

在朋友家里吃饭

夫妻二人和我都是同学

三个人说说笑笑

席间

男人上厕所

女人趴在我耳边

腻歪透了

有时都想掐死他

一会儿

女人起身煮饺子

男人点了一支烟

幽幽地说

腻歪透了

有时都不想活了

饺子熟了

我们三个人就着蒜泥

把一大盘饺子

都吃光了

默问《有时》入选理由

一首冷酷而尖锐的诗，像一把锋利的刀，直接插向平淡婚姻和庸常生活的深肋，痛楚中带着某种无奈和谅解。

编钟，飞鱼，山羊，海洋[1]

明迪

我爷爷的爷爷，业余侦探

专业幻想家

板块构造，大陆漂移

这些事情总让他心旌摇曳

他幻想是条鱼

游进大海，看看澳洲美洲非洲

是不是也有橘树

更多的时候他幻想是只飞鱼

绕宇宙飞一圈

他好奇谁把地球扔在他脚下

他飞啊飞啊

仅仅歇了几秒钟

就遇到造山运动，喜马拉雅崛起

差一点回不了家

---

[1] 2012年，宜昌白洋镇出土青铜钟12件，铜鼎1件，其中一顶钟上刻有"楚季宝钟"，"楚季"为楚国国君楚熊徇(公元前821—公元前800年在位)，比随州曾国编钟早几百年。白洋镇为千年古镇，后又出土过距今约5亿年的寒武纪瓣腮类贝壳化石，这显示宜昌在早寒武纪时，生息着大西洋动物群；考古学家还发现了旧石器时代的石斧，说明早在旧石器时代古人类就在此生息繁衍。白洋镇原名白羊镇，后因一片汪洋，白羊变为白洋。

印度板块从非洲漂过来

他用力挡过，没挡住

地中海从三峡退潮，他拉过没拉住

他仅仅眨了几下眼

历史就改写了好几次

他在家门口的枣树上

挂了一只巨大的仿青铜钟

狂风吹动，鸣响

地震，鸣响

无论是飞还是游

他都能循着声音回到家

他不解的是，马丘比丘的羊驼

为什么在宜昌成了三羊

他生气的是，三羊变成三洋

而海水说走就走了

他最不能原谅的是

二洋变成三峡，他再也游不远了

明迪《编钟，飞鱼，山羊，海洋》入选理由

是家族史，也是地球和人类的文明史。奇幻的想象力和历史的变迁感，在明迪这首诗中完美地结合在了一起。

诗人写什么

南人

伤疤可以写好久
伤疤好了还能写疤痕

而疼痛
就在此刻

南人《诗人写什么》入选理由

四行绝句，说出即诗。深刻隽永，直抵本质。

尔兰的雨　　　　　　　　　　　　　　　　　欧阳昱

锈蚀的铁链上滴着爱
尔兰的雨

瘦椅腿上的白桌面仰着爱
尔兰的雨

桶里插不进去的丢弃的伞上糊满爱
尔兰的雨

眼里陌陌生生的都是爱
尔兰的雨

锁住的锁上挂着爱
尔兰的雨

Boyne 河里流着爱
尔兰的雨

River Liffey 躺着爱
尔兰的雨

Hill of Tara 上泥泞着爱
尔兰的雨

一屁股坐上了爱

尔兰的雨

细鞭尾

欧阳昱

　　今天掇着饭回房，已经是夜要降临，黄昏将去之时。屋里点了灯，而外边还徘徊着将逝的最后一线天光。看了看梧桐树梢几根细鞭尾样直指天际的枝条，我叹口气，正欲回头，忽见一粒白珠似的嫩芽就从其中一根枝条上冒出来。我惊呆了，忙往外欲看个明白，那根枝条一动也不动，光溜溜的，什么也没发生似的。我这才看清原来在离树枝不远的天空上有颗小小的星星。

| 欧阳昱《细鞭尾》入选理由

欧阳昱以前卫与实验性著称。但又时不时显露出深厚的经典写作能力。本诗构成了经典意义上的诗歌意境。同时又为散文诗这种形式注入了新的生命力。

丰满

欧阳昱

  月亮长得丰满了些，已经有正常的一半大，映着落日的余晖。两只蝙蝠翻动着飞过。一只白嘴鸦忽闪忽闪地扇动着翅膀，朝湖上飞去，随着翅儿的每一扇动，淡褐色的根根羽棱清晰可见。眼睛上仿佛蒙着一层网，原来是黑芝麻般的蚊蚋。这时，蟋蟀的鸣声泻进耳轮。不远处茂密的梧桐林中传来野斑鸠好像细瓶子往外倒水的咕嘟咕嘟声。

| 欧阳昱《丰满》入选理由

静与动完美融合，既有古诗中的"境"与"象"，又有当代诗歌的活力与气场。语感舒服，细节美妙。

哀鸣　　　　　　　　　　　　　　　　　　潘洗尘

麦穗在镰刀下
蝉翼在秋风中
如果听懂了
就是得救

如果听不懂
就是哀鸣

潘洗尘《哀鸣》入选理由

抒情诗写到这个份上，如灵魂的琴弦发出的颤音。

包浆

凡是经他手盘过的物件，

或快或慢，

都有了

由内到外的光泽：

铜、玉器、瓷、紫砂、念珠、核桃，

甚至朽木和顽石，

到他的手里

都萌生了鲜活之气。

他的手腕、脖颈、腰间，

丁零当啷，

总是挂满

他引以为荣的东西。

除了睡觉，他的手中

必须得握点什么。

他把玉石摩挲得晶莹剔透，

他把紫砂呵护得气韵精妙，

他把核桃揉搓得光泽圆润，

他把青铜打磨得明光锃亮。

不仅如此，

他还把媳妇滋养得溜光水滑，

他还把儿女调教得顺从服帖。

他的家里张贴：淡泊明志。

他的办公室悬挂：厚德载物。

他喜欢说：上善若水。

他追求：大智如愚。

他不知道，

自己这坨二百来斤的骨肉，

何尝不是上帝手里的把件儿

五十多年，他已被那双无形的大手

把玩得

世俗圆滑，油光可鉴。

晴朗李寒《包浆》入选理由

语言状态非常舒展，推进节奏轻松自如，幽默、生动、饱满。结尾漂亮，画龙点睛。

病根

每到要排泄

母亲就肚子疼

一个月过去了

吃药打针

也不见好转

带她去做肠镜

取出一节

五公分的肉瘤

结果呈良性

我们都以为

肚子痛会好了

最后又去做B超

发现子宫里

还存留着

三十多年前

的结扎环

手术取出来

已锈迹斑斑

令人不解的是

期间又生下了

妹妹和弟弟

三个A《病根》入选理由

读完倒吸一口凉气！

奶奶生前
总独自在房间
用扑克牌
为亲人占卦

亲人团聚时
奶奶也和我们一起
打扑克

她对我说
我是梅花2
分量最小的忧愁

放在有的扑克游戏里
他微不足道
放在有的扑克游戏里
他势不可挡

奶奶的骨灰在江水里
探望她时
我将一张梅花2
打入江中

苏不归《梅花2》入选理由

在这样温柔的爱意中，神秘的梅花2，拥有了非凡的诗性。

雪人   宋壮壮

下大雪了

针灸门诊里

五个白大褂

闲坐着喝茶

一个病人也没有

窗外白茫茫

一个白大褂

在窗台上

堆出一个小雪人

在雪人屁股上

扎了一针

几个白大褂笑着

一人扎了雪人一针

这一天的工作

完成了

宋壮壮《雪人》入选理由

这首诗几乎就是"诗意"本身。如果有人不知道何谓诗意，把这首诗发给他，告诉他，这就是诗意。

行政楼里的巨星

沙凯歌

又一只鸟撞上了办公楼的玻璃
跌落在走廊的地板上，它有着
黑色的羽毛和黑白不均的脑袋
一个巨星的名字在我心中闪过

它一动不动，应该死了
我打算拿给楼下的陈姐煲汤喝
但仅仅是，我抽一支烟的功夫
它就苏醒过来，拍翅而去

先是飞到旁边的栏杆上
做了几个类似月球漫步的动作
又低空飞到最近的树上
仿佛要歇一下，终于

它极具爆发力地冲向高空
一个巨星的名字再次闪过
迈克尔·杰克逊

沙凯歌《行政楼里的巨星》入选理由

从一只跌落之鸟到迈克尔·杰克逊，沙凯歌写得天衣无缝，理直气壮。这只鸟
果然就是迈克尔·杰克逊。

柳芽

商震

第一次想吃柳芽
觉得身体里需要些陌生的东西
柳芽落肚
苦涩的味道却是我熟悉的

突然有些悲怆
活在熟悉的世界里
对四季与黑白都已麻木
初春和深秋
不过是自己的两只手

强忍着把柳芽吃完
余下的盘子
是一堆雪
折射出我眼睛里冷冷的空白

商震《柳芽》入选理由

诗人需要有这样的能力,从看似普通的日常,切进自己的内心。本诗手起刀落,切得深刻,结尾处意象尤佳。

介绍

尚仲敏

在一次聚会上，我介绍李海洲
说，这是重庆市江北区著名诗人
李海洲一脸严肃地把我叫到一边
说，哥，以后你介绍我时
能不能把江北区三个字去掉

尚仲敏《介绍》入选理由

短短五行诗，一出小戏剧，令人忍俊不禁，会心一笑。

天真无邪 沈浩波

我妈工作的乡镇中学

新来了一个刚毕业的英语老师

名叫冒文娟

是个娇滴滴的美女

我以前从没见过

像她这样皮肤雪白的女人

那年我八岁

弟弟六岁，长得黝黑

大人们都喊他"小黑皮"

某个夏日午后

看到迎面走来的冒文娟

弟弟大喊着冲上去

用他闪亮的黑皮

挨蹭冒文娟露在奶黄色裙子外面

两截雪白的腿

一边蹭一边嚷嚷

"谁让你这么白

我要把我的黑皮传染给你"

周围的大人哈哈大笑

冒文娟宠溺地摸他的头

弟弟一脸天真无邪

我的嫉妒和愤怒无人知道

——我不相信他那么做

是因为天真无邪

沈浩波《天真无邪》入选理由

场景、动作、对话，恶谑、心理分析、人性透视，几乎构成了一出戏剧，但它却更是一首诗，因为真实。

和平鸽   沈浩波

一架架飞机升起

一架架飞机落下

这些装人的飞机

平缓而优雅

每一架长得都像

毕加索画的和平鸽

那些装炸弹和士兵的

则不然

要么像鹰

要么像黄蜂

沈浩波《和平鸽》入选理由

这首诗有结实的富有质感的身体（语言、形式和形象），并由此直抵形而上的
本质。

七十多岁的爸爸在喊他的妈妈　　　　沈浩波

鼻子里插着胃管

和吸氧管

身上插着导流管

和尿管

还挂着两根输液管

爸爸满身管子

一会儿昏沉沉睡去

一会儿呻吟着醒来

就算睡着时

他也难受得

不停地喊：

妈妈

妈妈

妈妈

而他的妈妈

已经去世十六年了

沈浩波《七十多岁的爸爸在喊他的妈妈》入选理由

在这样的场景中，情感有了形象，变得立体、丰富，既尖锐而又沉潜。令人读来先是心疼，后是心颤。

少女啊

释然

她的诗

充斥着性，爱，自慰，

死

不少男人咂着嘴读完

喊她先锋诗人

我差点叫出

少女啊

她不停地发照片

床上，墙角，危险的地带

各种姿势的裸体

嘴唇，乳房，私处

各个部位特写

男人们流着口水

称她艺术家

我颤抖地自语

少女啊

隐私，身体

消遣完了

她把自己逼上绝路

这最后的吸睛

有人叫她勇敢坦诚的

小孩

我流着泪说

少女啊

释然《少女啊》入选理由

释然的诗总是显得力气大，因为她用情深。本诗返回到了一个普通女性的角度，甚至是母亲般的角度，对90后女诗人陶春霞的自杀事件，发出了最朴素的叫喊。

可怜人

释然

他说费尽周折终于

见到了我

他喜欢我的诗

特别是诗中的女人

说我写尽了中年女性的

孤独与沧桑

让人心疼这些

可怜的人

我努力保持微笑

不让他看出我

就是可怜人

他的目光

在我脸上一遍遍滚烫

我没有告诉他

刚刚有人指着我骂

疯女人

虽然我已经过了

脸红的年纪

我把一杯水

推到他面前

他起身

要去洗手间
他站起的瞬间
从对面的镜子里
我看到自己牙缝里
有片菜叶

释然《可怜人》入选理由

释然可以归入自白派诗人。但她不像某些被搞得很文艺的自白派那么浮夸，释然更真实、更结实，因此也更接近诗的真谛。

亲爱的，有人喊妈就好

释然

不就打你一下吗
不离婚就好

没性生活
不找小三就好
对你再不好
也是孩子的亲爹

没钱
不生病就好
心口疼
死不了就好

死不了就活着
活着就有人喊妈
有人喊妈
就得忍

当妈的只要忍
这辈子就好

释然《亲爱的，有人喊妈就好》入选理由
写到中国女性命运的骨子里了。所谓刻骨铭心，莫过于此。

一个冬天的晚上 盛兴

小时候我姐一天到晚总爱哭

一个冬天的晚上

我哥趴桌上做作业

炉子早灭了

天太冷了

我哥拿着钢笔

跑到我姐面前

用她的泪水润了润笔头

转身回去继续做作业

盛兴《一个冬天的晚上》入选理由

在我们的生命中，布满了这些如同散落珍珠般的细节，诗人用敏感细腻的心灵，拣取出来，捧在手心。

抹了脖子的鸡 盛兴

在一对外地夫妇的小馆喝羊汤
电视上演了一个聋哑女博士
我说"真不容易啊"
女人问"人在世上哪有容易的?"
还有一次
我说"这么冷的天真是活受罪啊"
女人转过头来问
"人在世上谁不是活受罪?"
这天我有点故意地说
"你看街上的人都是挣命啊"
结果这次是男人先接话说
"就像抹了脖子的鸡。"
女人问
"人在世上谁不像抹了脖子的鸡?"

盛兴《抹了脖子的鸡》入选理由

写得真是有趣生动,有趣生动就已经很了不起了,但这首诗还远不仅仅停留于
有趣生动。

姑妈的嘴角

姑妈年轻时嘴角上扬

逢人淡淡一笑

中年以后嘴角舒展

但闭而不言

到了晚年嘴角下沉

在阳台一坐就是一整天

嘴角上扬如月牙

嘴角舒展如长路

嘴角下沉如木椅

谁也没有察觉

姑妈用嘴角过完一生

| 盛兴《姑妈的嘴角》入选理由

这样的诗歌，真是切口小、动作轻、触角细，仅仅通过嘴角的变化，便写出了一生。

脑袋里的虫子

唐果

我确定，我的脑袋里有虫子
至于它们是什么时候
钻进去的，怎样钻进去的
不得而知。我还可以确定的是
它不是一只或者几只，而是很多

我养的虫子，均由我提供食粮
它们最喜欢记忆，其次才是欢乐
它们吃下记忆，拉出
豁然出现在你面前的东西
它们咀嚼粉红色欢乐
吐出，就变成了黑色的痛苦

它们喜欢新鲜的
每当它们吞下我最新的想法
它们就哄堂大笑
我的脑袋经常"嗡嗡嗡"
就是明证。昨天
它们把我关于卫生间的记忆吃了
当我置身卫生间，尿意频频
却奔向厨房，拉开抽屉
拿出一个盘子

唐果《脑袋里的虫子》入选理由

唐果总有奇特想象，而这首诗又将这奇特想象写得理所当然、严丝合缝、妙语连珠，写作功力可见一斑。

独立出来

图雅

提子被叫成提子的时候
它是骄傲的
似乎从葡萄的家庭独立了出来

车厘子被叫成了车厘子
它是骄傲的
似乎从樱桃的家族独立了出来

我被叫成了诗人图雅
我是骄傲的
从别人的从属关系里独立了出来

图雅《独立出来》入选理由
从提子、车厘子到诗人！意想不到，但转得非常漂亮，值得为诗人骄傲一把。

压抑者之歌   王磊

小区门口那些卖花的，卖水果的

跑摩的的，开出租的

一整天都被钉在自己的车座上

那些发传单的，收停车费的，打扫街道的

当门迎的，钉鞋的

从早到晚都被钉在一截马路上

我每次看到他们越来越弯的身体

就想到了一张张紧绷的弓

总感觉他们铆足了劲

想把自己射到天空去

王磊《压抑者之歌》入选理由

熟悉的庸常街景，人们已熟视无睹，诗人的眼睛能洞穿庸常，看到了一张张生命之弓。

酒鬼的孤独

王林燕

酒鬼骑马从邻村赶来

夺命大乌苏灌了一扎又一扎

架打了一场又一场

陈旧往事被逐一掏空

兄弟变仇人

仇人成兄弟

天色终近晚

主人好言相送

摇摇晃晃还未走出村庄

就醒了酒

酒鬼不能清醒地离开

他折返回来

陪酒的都散了场

一枚纸月亮

挂在树梢上

王林燕《酒鬼的孤独》入选理由

不但写活了酒鬼，而且写活了孤独。

表情

父亲将我血肉模糊的脚

从自行车后轮里取出来

他脸上的表情

是他后来一生的表情

不知在怨自己

还是在怨别人

王林燕《表情》入选理由

盛兴用三种嘴脸的形状，勾勒姑妈的一生。王林燕在父亲一瞬间的表情里，洞穿父亲的一生。一瞬即一生，唯诗可洞察。

北火车站

王小龙

煤块能让人闻出新鲜

它们豆蔻年华地等待出发

每一块都在使劲叫喊

即使在一个毫无指望的阴天

写下这标题，不由分说

扑将上来的是那些年

北火车站的那些气味

比如车头制造的白色水雾

是一头黑色怪兽喷出的口臭

比如月台下的轮轨之间

散发出钢铁冷却下来的余腥

枕木们被柏油涂得乌黑

一根根士兵似的排列过去

你踩着它们奔跑

鞋底沾上无法抵赖的证据

机油的气味

油漆的气味

短途或长途的列车

上车或下车的旅客

人人来到这里都那么性急

汗液、饱嗝和咒骂一起

挤出车窗和车门

一站站消耗的烧酒和食物

烧鸡、红肠、大蒜

馒头、烙饼、榨菜

我饿了

龙胖我们回家吧

哦哦永远的是尿骚味

沿着轨道六亲不认地排放

被车轮卷起的狂风吹散

你看路基上的石碴儿

一年年被淋得焦黄发黑

而进站不久的车头

卸下最后一批消化不良的煤屎

它们被水浇湿，汗津津的

瘫倒在一场马拉松的终点

王小龙《北火车站》入选理由

强大的写作能力，结实而饱满。这种写作能力得背后，是诗人旺盛的写作生命力。

无题　　　　　　　　　　　　　　王允

十三岁那年

得了乙肝的小叔

拉着我的手

头凑过来

要跟我说悄悄话

我妈攥住他的手

干着嗓子说

向辉，你回家不

天黑了

姐送你回去

有啥话你跟姐说

｜ 王允《无题》入选理由

｜ 细节真切得如在眼前。"攥着他的手"，"干着嗓子说"，母亲护犊之情，跃然
纸上。

集中营   巫昂

神啊，七岁那年
我把掉落的门牙放在你手心里
把十五岁预售给你

神啊，五十九岁那年
我会把灵魂叠成豆腐干大小
向你换取余下的时间
死去的人
铁青着脸和你坐成一排

神啊，你让我们每一个和你深吻
勾出五脏六腑
在你怀中痛哭
没有一个能幸免，站成一排，抑或错落有致
在你面前，我们软得像一块块核爆炸后的钢筋水泥

神啊，你取走深渊当中所有的黑暗
它只好接受光亮
你醒来，我们必须同时闭眼

神啊，你修好了又一座集中营

那漫天的，皑皑的大雪

全是我们的碎末

巫昂《集中营》入选理由

一曲悲歌，句句都叩击在生命的最荒凉处，如同拉着二胡的老艺人，在漫天大雪中，放声高歌。

马

吴冕

那是一个夏天的傍晚

天色刚刚暗下来

我从牧场边的

小木房子里出来

远远地看见一匹马

被拴在一棵树上

还未走近

我就听见

哗啦啦的水流声

那匹马粗壮的生殖器

简直就像打开了阀门的水管

声音大极了

吴冕《马》入选理由

马在撒尿，就这样一个场景，吴冕就能写成一首好诗，因为吴冕的语言能力背后有身体感和生命感。

愤怒

吴冕

诗人L对我说

你写诗没有以前愤怒了

我说我也发现了

所以这两天

一直在想

这是为什么呢

后来究竟发生了什么

让一个愤怒的人

变得平静

一个人对世界不同意

才会愤怒

我在一张

贷款购房协议

签下名字的时候

几乎就是

跟这个世界

签下了同意书

吴冕《愤怒》入选理由

能抵达深刻的愤怒，才是诗歌中有效的愤怒。这首诗中的愤怒，不但深刻，而且沉重，它超越了个人的愤怒，抵达了一代人甚至几代人的愤怒。

我是狗

吴冕

我是狗

也是人

有一天，我学会了

自己训练自己

让自己变得更像狗

用痛苦，用诱惑

用爱情，用自讨苦吃的后果

更多时候，是自己逼自己

我必须像狗一样

被抽打之后，仍然热爱骨头

你知道的

一条狗因为骨头

能学会很多

吴冕《我是狗》入选理由

吴冕写诗有股狠劲儿。写得过狠，容易伤诗，狠在表面，诗就显得太脆。但这种狠劲儿，也是一种心灵的天赋，往里收一收，就是真正不屈的生命力。

乔治亚州的华人超市，一部中国人的荷马史诗　　　吴雨伦

超市的大部
调料 米面 锅碗瓢盆
超市的尽头
寿衣 黄纸 死亡

吴雨伦《乔治亚州的华人超市，一部中国人的荷马史诗》入选理由

用四行完成了一首东方人的生命史诗，含金量极高，诗意提纯能力竟能如此精粹，令人赞叹。

一首爱国诗   吴雨伦

赴美途中

箱子里的豆瓣酱无意泄漏

将护照污染

从此以后

来自祖国的气息

在美国检察官

疑惑地看着

油光的护照时

缠绕在我的鼻尖

一种永恒绵延无尽的咒语

吴雨伦《一首爱国诗》入选理由

若问何为真爱国，到哪儿都带着祖国的豆瓣酱就是真爱国。这首诗角度好，立意高。

一对母子牵着手

从树荫深处走来

此时

另一位母亲骑着单车

后座带着一个六七岁的女孩

她们穿着鲜艳的衣服

在阳光照耀的地方

从相反的方向驶向树荫处

那一瞬间

明暗似乎在交换人质

毋毋类《人质》入选理由

瞬间的诗意，场景构成的诗意。如果没有诗人瞬间的心动和敏感的语言，这诗意的场景就不存在。

你纹丝不动，像激情已过的男人   西娃

我的手指在梦里

捋着你的胸毛，你腹部的毛

你腋窝里的毛

我一根根查看它们

用鼻子闻它们

用耳朵和嘴唇触碰它们

你纹丝不动，像激情已过的男人

我的唾液留在你的毛发上

我的汗液沾在你的毛发上

我的泪水滴落在你的毛发上

你纹丝不动，像激情已过的男人

我拔你的胸毛，腋窝里的毛

腹部上的毛，大腿内侧的毛……

用手拔，用牙拔，一根根拔

一缕一缕拔，一撮一撮拔……

你纹丝不动，像激情已过的男人

我扒光了你所有的毛，发

那个曾激情四射爱我的男人

他也没藏在你的任何

一根毛发或毛囊里

| 西娃《你纹丝不动，像激情已过的男人》入选理由

西娃写诗力气大，写爱情诗力气尤其大，拼尽全身力气的那种感觉，不但力气大，胆子也大，比如这首写激情已过的诗。

爸妈的亲事

西娃

我贫穷的少年爸爸
穿着补疤阴丹布裤子
抱着一只瘦母鸡
在爷爷和媒婆的壮胆下
站在了我妈家门口

"我们很穷，可你们是
地主，加上这只鸡，我们也
配得上你们了……"
我口齿并不伶俐的父亲
此时口齿格外伶俐

被批斗过的地主婆——
我的外婆，目光落在那只
瘦母鸡身上，听到屋里
我妈的哭声，垂下了眼皮

"如果年底我能去当兵
你们送给我们一只肥鸡
说不定还配不上我们"
我妈在我爸话音落下时
边抹泪边走出来
点头答应了这门亲事

西娃《爸妈的亲事》入选理由

写出了一个活生生的时代，我们父母的青年时代。好的诗歌，可以给时代塑像。

勉强书·诗   徐江

如果没有诗，我们不过是医院病房里，那一个个的病人。

或者走廊里，候诊大厅，一个个排队待诊的病人。

或者田野上，剧院里，长街车龙里，集市里，写字楼中，一个个浑然
忙碌着，缓缓被光阴的滚梯，送往未来诊室的，病人。

徐江《勉强书·诗》入选理由

如果没有诗，如果人类无诗，是何等景象？徐江为我们描绘了这样的心灵景
象，这是对诗歌到底有没有用的最佳回答。

张美丽

徐一峰

急着赶路　网上约的

快车　半天不来

只好拦了出租车

问司机　快车为什么更慢

司机说　它叫快车

那只是它的名字　就像

比方说　她叫张美丽

但实际上　美丽吗　你说

乘客面露羞色　她

正好姓张　但　不叫张美丽

她叫　张艳丽

徐一峰《张美丽》入选理由

又一首让人读得忍俊不禁的诗，需要提醒读者注意的是，诗人的语感很好，语言舒展有致，这才形成如此生动的诗歌效果。

金句的力量

轩辕轼轲

第一次见面

她就给他背诵

张爱玲的那段金句

"于千万人之中

于千万年时间无涯的荒野里……"

很快他们就确立了

恋爱关系待婚关系

婚姻关系和离婚关系

一年一个台阶

"没有早一步

也没有晚一步"

轩辕轼轲《金句的力量》入选理由

轩辕轼轲异于常人的脑回路就是其诗歌最大的风格、最大的特点、最大的与众不同。这样的脑回路带给我们的是真正的幽默。

雷群要提前退休

我说你又没老婆孩子

提前退休干吗

他一下子急眼了

拿过一本公务员法

说哪条哪款规定

提前退休必须得有老婆孩子

提前死都是我的自由

何况提前退休

我说你提前死个我看看

他果然从窗口跳了下去

幸亏是一楼

穿过马路

他去买酒了

轩辕轼轲《自由宣言》入选理由

最后那一下的处理，令整首诗顿时生辉，玩得漂亮洒脱。令人想起他的名作《体操课》。

鸡，诗意地栖居

一位抒情诗人

来到蒙山

看见树上蹲着一群鸡

忍不住赞叹

"鸡，诗意地栖居"

路过的当地人说

"都是让黄鼠狼子给撵的"

轩辕轼轲《鸡，诗意的栖居》入选理由

解构这种手法，轩辕轼轲得心应手，非常娴熟。这首诗不仅仅强在解构，更强在，它能让人印象深刻，过目不忘。

喝月光   姚风

关于月亮
我不关心任何登月计划
只关心嫦娥姑娘
遥远的她，已是离我们最近的
素颜美女

我也祈求天帝原谅吴刚
不要再砍树了，亚马孙的森林大火
已经烧了七天七夜

我依旧相信月光是水
水是最大的善良
它教我知道渴，还有渴望
在水中，我洗涤身心
我看到了大海，我游到了彼岸

中秋之夜，众人大啖月饼
而我只是饮下
一碗又一碗的月光

姚风《喝月光》入选理由

姚风的诗歌素以人文性和文明性见长，他不但有这样的情怀和精神底色，更能
将其有效地形象化，从丰富多姿的语言中托举出来。

圣诞致耶稣   姚风

我们又一次庆祝圣诞

还像你从未诞生过

我们在市政厅的广场上

搭建了马厩

和圣母玛利亚、修士以及牛马一起

看着你光华四射地在稻草中诞生

你的每一次重生

都是我们对未来的希冀

都是一次告诫：这是最好的年代

也是最坏的年代

你带来的光

从未彻底根除我们人性中的黑暗

当你从马厩中站立起来

我们会再次把你钉在十字架上

让你的每一道伤口都流着我们的血

你永远是一个主角

却是人类痛苦的替身演员

很多时候，你并未尊享崇高

甚至在商业街疯狂购物的顾客

也被我们比作"上帝"

他们正为购得打折的商品

而扬扬得意

姚风《圣诞致耶稣》入选理由

纯以思辨而成诗，素来是诗人所忌讳的写法，真要写好，需要具备深刻的洞察力和强大的思维推进力。这首诗都做到了，诗人训练有素的语言能力显露无遗。

亲人的代价

闫永敏

我在外面受气了
晚上睡觉时依然气愤
后来果然在梦里发火了
但发火对象是亲人
他们像一群仆从站在我面前
我坐着嚷，嚷到没力气时
八十多岁的祖父曲着腰对我说
我把马车套好了
带你去买小人书吧

闫永敏《亲人的代价》入选理由

"我把马车套好了 / 带你去买小人书吧"，此句一出，整首诗全都有了。口语诗
有真正的语言魔法。

论多元

1

多元的对立面不是一元。一元

是一个汉语，它同时可以翻译为一神

绝对的和唯一的：作为迷失的羔羊

我看见绝对，就是我看见了方向：那唯一

我克制着情绪，说不哭

2

在现实中，多元是一次礼让（也许）

而在另一种现实中，多元就是为了扼制自由

对于哲学，一就是一、二就是二

三就是三：所谓一生二、二生三、三生万物

万物认为这是对四五六的否定。当然

这不重要。重要的在未来，在未来什么是多元？

计算机说：多元就是误算

3

打开的窗户永远是打开的（绝对）

关着的窗户永远是关着的（那是唯一）

下雨了，小朵叫我关上窗户

我关上窗户：这是一扇关着的窗户

早晨起床，小朵让我打开窗户

我打开窗户：这是（一扇）打开的窗户

一扇窗户不可能同时打开又关上

这是多元无法解决的难题，我敬重这样的难题

4

我必须从本质上肯定绝对

相信它，按它的标准选择我的人生

同样，我不从本质上（有吗）否定

多元……我只对多元保持怀疑：多元为凶

一开始不清楚，但不要后来也不清楚

相信是唯一的，好只能是唯一的（阿门）

5

在武汉，小引问我（我很想念他）

阿尔法狗的算路是绝对的还是强大的

如果它是绝对的（唯一算路）

那它为什么还输了一次？虽然就一次

我突然迷惑，整个晚上一言未发

直到第二天早晨，我才兴奋地大声说出

阿尔法狗的算路只能是绝对的

而这绝对早已存在，我们只是慢慢在靠近

（多元，包容那些不愿靠近的人）

6

诗歌是一种好。或者我们这样说

诗歌，在所有语言事件里

唯一保持了清醒：当语言日渐乏力时

诗歌是唯一想好的努力

所以，诗歌是一样的（既然诗歌是一样的

好诗也必须是一样）

7

诗歌是算路。或者我们这样说

诗歌，在所有比喻失败之后

它越算越清楚：我现在准备起床

小朵说她查出贫血

那是多元时代不可侵犯的疾病

但它对于她，我掐指一算

真不是一个弱不禁风的女中豪杰

杨黎《论多元》入选理由

杨黎用他绝对的看法，形成了绝对忠于他自身的绝对的语言，并用这绝对的语言，形成了一场精彩的雄辩！

苦钱 原音

这是我的云南工人

和我聊天时

随口说的

他说

过了年

家里老人就会问

你们今年

去哪里

苦钱

最惨的就是

年底回到家

对父母说

今年

苦不到钱

原音《苦钱》入选理由

"苦钱""苦不到钱"，这样的词语，就是诗。诗人原音，发现、擦亮、托举了
这人生之诗。

爱在其中

叶明新

我们谁也没有见过

上帝、真主、佛陀

因为遥远

崇高和虚无的关系

我们把一切

都托付给了他们

包括血肉

我们的命、灵魂

他们坦然

接受了这些牺牲

也知道

它们的价值

重于金币与宝石

然后把苦难

回馈给我们

他们用梦想的方式

令我们认识到

爱就在其中

叶明新《爱在其中》入选理由

又是一首议论之诗、言说之诗。议论和言说，从来都是诗歌之大忌。如何突破此忌？看你说得有多高级。

现在的女孩几乎没有叫杏花荷花的了 叶臻

但我的舅妈就叫杏花
她这辈子结了五个杏子
两个是表弟
三个是表妹

但我妻子的舅妈就叫荷花
她这辈子结了三粒莲子
一粒是表哥
一粒是表弟
还有一粒是表姐

叶臻《现在的女孩几乎没有叫杏花荷花的了》入选理由
杏花和杏子，荷花和莲子，诗人如此写出，立刻成为好诗。

头盔   易巧军

男人已被推进

手术室，女人在走廊

来回走动着，她望着

怀里，正在大哭的孩子

显得有点束手无策

喂奶并没能止住哭喊

她快速地扣好胸前衣扣

小心翼翼用衣袖

擦了擦座椅上那个

破裂、沾满血迹的

摩托车头盔，戴在了

自己头上，又假装

戴在孩子头上

终于，咯咯咯咯

的笑，响彻整个走廊

易巧军《头盔》入选理由

强烈的反差，因真实而显得尤其强烈，也就形成了强烈的诗意。太强烈了，就
在生活的日常中，而诗人的笔触，却冷静内敛。

北极   伊沙

第一个

乘上白人飞机的

爱斯基摩小男孩说:

"我坐进了乌鸦的灵魂"

伊沙《北极》入选理由

于寥寥几笔间，直接进入事物的本质，直达本质的诗意。

孤象   伊沙

以后我想起柬埔寨的形象

便会想起一头亲人全都死去

牙被锯断、一条腿是假肢的孤象

一瘸一拐地走向不可预知

但也不可能再坏的未来

伊沙《孤象》入选理由

伊沙有纯正的意象能力。他心中住着一个纯正的庞德—威廉斯传统。孤象这个
意象，正从一个民族的内心蹒跚浮现。如果读者对柬埔寨的历史略有所知，就
会看到伊沙塑造的这头孤象。

老丈人   伊沙

我很内疚

去年他老人家

脑溢血突发

我都没有回来

（忙是永远的理由）

现在只能探望

带着后遗症的他

我在半夜到家

直奔他床前

叫了一声："爸！"

他伸出青筋暴露的双臂

用双手紧握我的双手

眼中闪烁着千言万语

口中只吐出两个字：

"稀——罕！"

伊沙《老丈人》入选理由

最后的那声"稀——罕"，构成了诗歌，构成强大的诗意。若换任何一个同义词，则诗意立刻荡然无存。口语诗的力量首先是语言的力量，这力量来自于生活的语言、活着的语言、有生命的语言、不可替代的语言。

青春 尹丽川

有些夜晚像下雪的夜晚一样寂静

心事也纷纷扬扬，有如细雪

活在人世

我们是烛火融于灯下

而每当时光坠入旧时光

那些温柔的情景就重现

你在月光下大声歌唱

眼里闪动光芒

每道水纹都泛着月华的鳞片

青春是一个混蛋的好心

是铁渣中的黄金

尹丽川《青春》入选理由

从表面看，意象和情感都显得过于大众流行化，但却并没有陷入流俗，反而显得格外美好。尹丽川有一路诗，就是以这种烂漫的美好取胜。这美好，是从其心灵里洋溢出来的，有一种勃发的生机。

如父如女

尹丽川

在一群热议

白菜和税收涨价

非洲大兄弟又来要钱

谁家孙子比较成功的

聒噪老人中间

我那白发苍苍的父亲

孑然一身

孤立无援

就像坐在热议

教育和移民的

带娃妇女中间的我

伤感莫名

魂飞天际

偶尔我们的眼神交汇

又赶紧避开

彼此都矮了下去

尹丽川《如父如女》入选理由

把日常生活写得活灵活现，并非是我们推荐这首诗的绝对理由，更想提醒读者注意的是这首诗的语言和节奏。尹丽川的诗歌，往往因其语言和节奏，而产生一种独特的美学效果。

白居易

游若昕

奶奶去世后

爸爸稀疏的白发

那偷渡客

摇身一变为

合法居民

占据了

半壁江山

游若昕《白居易》入选理由

本诗入选很大程度上来说，是因为这首诗的诗名。诗名往往是诗的重要组成，有的直接参与到诗意的发生中去。这首诗的诗名取得绝，是整首诗诗意发生的关键。

不要把耳朵掏得太空

云瓦

那天掏完耳朵后就听说

陶春霞死了

于敏死了

远房的表叔出车祸死了

昨天

一个刚毕业的学生告诉我

她查出了乳腺癌

妻子说

不要把耳朵掏得太空

否则

容易听到死神的呜咽

云瓦《不要把耳朵掏得太空》入选理由

"不要把耳朵掏得太空，容易听到死神的呜咽。"这句诗如同一道突如其来的闪电，当头劈下。

妻子说想给小儿子断奶 云瓦

小儿子掀起

妻子睡衣的一边衣襟

说我要吃我要吃

妻子拉下衣襟遮住

说不许吃不许吃

他俩坐在床上

将衣襟掀起拉下

掀起拉下

衣襟下的那只乳房

像只减速慢行的信号灯

一会儿

暗了

一会儿

亮了

云瓦《妻子说想给小儿子断奶》入选理由

生活中的一个场景，被云瓦写得如此精彩，减速慢行信号灯的比喻，漂亮极了。

爸爸的新女人   曾璇

我爸爸

虽然没用

是个懒货

却一直有女人

这个女人

被他打残

住进医院

我第一次见她

她抱着孩子

坐在轮椅上

到底她会不会成为

我爸爸的

最后一个女人

她能不能最终

在这场角逐中胜出

我想她

坚持得下去

我这次回家

她一跛一跛地

对着她孩子

指着我：

喊姐姐

喊姐姐

曾璇《爸爸的新女人》入选理由

还是在校本科生的曾璇，在这首诗中体现出了老练而清晰的语言能力，曲折而缜密的叙述推进能力。她的语感好，好在有质感，不浮华不轻飘。她的诗感，好在诗中有人生。

头

曾璇

爷爷说

拱桥边的黄桷树

从前是拿来枪毙人的

他曾趴在树上

亲眼看见

老剃头匠的头炸开

飞溅到树干

热气熏得他滑下来

沾了一身脑浆

老剃头匠的儿子

成了小剃头匠

爷爷是那里的常客

有一块专门的

洗头帕子

曾璇《头》入选理由

非常高级的一首诗。写得有手段，沉稳中富有弹性和变化，语言舒展而内在有
紧张的诗意。

马

曾璇

我胯下的这匹马

乖顺地低着头

沉默着向前

它的脊背

正像西宁的山

光秃秃的草皮

包裹着根根分明的肋骨

在我手掌下

隔着薄而坚韧的皮肤

骨肉和血液在滚动

当我把脸凑近它的脖颈

它轻轻地蹭了蹭

我的掌心

曾璇《马》入选理由

非常好的感受力、洞察力和语言的塑造力，这必然来自既锐利而又有温度的心灵。

甘草隧道

邹雪峰

出了山西

车过黄河就是陕西

十万大山就像一个谜语

谜面是山

谜底还是山

我穿越过它的一条隧道

我还记住了它叫甘草隧道

它不是最长的也不是最短的

想想我自己

已经走过山山水水

从而记住了一个人

她不是最好的也不是最坏的

她的谜面是女人

谜底还是女人

邹雪峰《甘草隧道》入选理由

漂亮。漂亮的语言，漂亮的语言的跳跃、起伏与连接。

一根牛皮绳

宗尕降初

这根牛皮绳

是途径桑披岭寺时

在下山的路上

捡拾所得

多年来

一直挂在书柜最上层

以至于在它身上

落满了尘埃

这是第一次

认真观察它

我在想:

它来自于哪头牛?

然后又捆在了哪头牛的犄角上?

又为什么会

掉落在我要途径的路上?

宗尕绛初《一根牛皮绳》入选理由

一根捡到的牛皮绳,令宗尕绛初连发三问。绛初三问,问得精彩。这才是真有宗教感的诗,因其日常,因其简单,因其是对着牛皮绳发问。

母亲的火葬场

张小波

母亲缓缓出来了

腓骨

胫骨

髌骨

……

骶骨

肱骨

胸骨

……

最后是头盖骨

它们全是白色的

我望向曾经孕育了我的位置

那里空无一物

空得晃眼

也许那是我母亲身上

最先焚化的部分

甚至早于我放在她遗体上的花束

张小波《母亲的火葬场》入选理由

张小波写诗甚少，却常出杰作，这当然是因为过人的才气和本质的生命体验感。而这首诗，又多了一层低沉的情感。

今年的最后一首诗　　　　　　　　　　张执浩

清理鞋柜的时候发现

大多数鞋子已经不合脚了

你甚至记不起什么时候穿过它

更想不起穿它去过哪里

道路迷失在鞋底

鞋帮已经扭曲

有的甚至左右难分

你把它们逐一拿出来

摆放在门口仿佛看见

家里拥进来了一群人

而此时屋子里异常安静

你赤脚走动时

能听见心脏的扑腾声

张执浩《今年的最后一首诗》入选理由

当诗人感觉到"仿佛家里拥进来一群人"时，这首诗就已经有了，而且是感觉非常好的一首诗，但张执浩又推进了一层，最后三句，令诗歌更加高级。

剥鸡蛋

朱剑

一群人去吃早餐
不知是谁
给领导
剥了一个鸡蛋

滑嫩蛋白上
留下了一枚
清晰的
指纹

朱剑《剥鸡蛋》入选理由

当这个细节被诗人用放大镜摄取出来时，格外醒目，尤其是发生在给领导剥蛋这样的背景下，就更加醒目乃至刺目了。最好的荒诞，是真实即荒诞。

奔月   朱剑

自打朋友的老板

卷款潜逃

不知所终

朋友的血汗钱

瞬间蒸发

警察的消息

也等不到之后

晚上走过小区广场

看到有人

架着天文望远镜

看月亮

我都很想

凑过去

瞄一瞄

朱剑《奔月》入选理由

写得心酸。即使是为朋友而心酸，也把这心酸给写活了。

前任

周芳如

就在那尘土飞扬的街头

就在人和车都乱哄哄的市集

只瞥了一眼

还是看清楚了

头发都白了一半多

背驼了

面色灰白

这个曾经抱我睡了八年的男人

现在的模样

不是我愿意看到的

虽然我曾经这样诅咒过

周芳如《前任》入选理由

百感交集，万般滋味，十一行中，尽皆呈现。

矮人 周瑟瑟

他们来自山西同一个村子

在一个煤矿挖煤

他有一米八几的个头

他的同伴看见他迎面走来

却是一个一米不到的矮人

他的同伴拦住他

——你今天不要下井

但又不敢说出理由

他下井了

在井里摔死了

双脚插入身体

只有一米不到

周瑟瑟《矮人》入选理由
读得令人头皮发麻，汗毛直竖。

水中木偶

周瑟瑟

水里升起一座寺庙

黑夜中传来母亲的哀声

琴弦上的越南语

为什么忧伤绵长

跪在岸边的人

他们刚刚还是欢乐的

操纵木偶的人

喝下了鱼露

用老姜擦洗身体

下半身浸入水中

隐藏在竹帘后面

月亮照亮水稻田

木偶跳舞

青蛙瞪大了眼睛

周瑟瑟《水中木偶》入选理由

写得神秘、美丽、动人、悠远。

2019年度
汉语先锋
诗歌资料

莽汉俱乐部
胡亮

1

时间看似随便地来到了1984年1月，人民教师李亚伟同志，忽然很想念低年级的师妹，或医专的女生，也很想念他的若干弟兄，就飞速赶回了南充师范学院。李亚伟，1963年生于酉阳，1979年考入南充师范学院，1983年分配到酉阳第三中学。南充师范学院是他的"母校"——这样说来有点别扭，也许可以换个说法，这个学院是他的"老窝子"。他从来就不会空手而返，在学院外，李亚伟正好遇到老伙计万夏——两者写诗，都始于1982年。万夏，1962年生于重庆，居于成都，1980年考入南充师范学院。他比李亚伟低一级，仍然厮混于中文系，还要熬到当年7月才能毕业。彼时之大学，盛行办诗歌墙报。李亚伟和胡玉办的是《刹那》，万夏、李雪明和朱智勇办的是《彩虹》。胡玉（又叫胡钰），1962年生于成都，1979年考入南充师范学院。大学毕业后，李亚伟回到酉阳，胡玉留在南充。这两个墙报——《刹那》和《彩虹》——很快又合并为《金盾》。当时流行的一种笔记本，"金盾牌"，就这样成了两伙诗人的防御性的共识。

且说两个老伙计见了面，欢喜无限，自然要去找家小酒馆。还在路上，万夏就告诉李亚伟，他最近在写"莽汉诗"，当即背诵出不下5首，包括万夏的《红瓦》[1]，还有胡冬的《我想乘上一艘慢船到巴黎去》。胡冬，1963年生于成都，1980年考入四川大学，1984年分

---

[1] 红瓦可能与成都红瓦寺有关。

配到天津市和平区文化馆（一说《剧本》杂志社）。据云此君家学甚厚，天赋亦高，思路出奇，行为立异。万夏，以及万夏背诵出的胡冬，让已经写出某种"混蛋诗"的李亚伟如受电击，目瞪口呆，"由此推断出一种'新东西'已然发生——那是一种形式上几乎全用口语，内容大都带有故事性，色彩上极富挑衅、反讽的全新的作品。"[1]哥俩在小酒馆坐定，频频干杯，在万夏的鼓动下，决定一起搞个"莽汉诗派"。

李亚伟并不认识远在成都的胡冬，而万夏，兴奋地向前者叙及他与后者如何发明了莽汉诗。当时，万夏对胡冬的口头回忆，若干年以后，转变为李亚伟对万夏的书面回忆。这样的书面回忆，"回忆之回忆"，既有可能具有双重的可信度，也有可能具有双重的出错率。笔者毫不怀疑两者对真相的尊重，但是，也很难排除回忆力——乃至听力和理解力——的恶作剧。李亚伟如是回忆了万夏的回忆："胡冬把这种诗歌最早称为'妈妈的诗'[2]——《阿Q正传》谁都读过，但胡冬最先想当'阿Q诗人'。"很快呢，胡冬改变了主意，"又叫这种诗为'好汉诗'"。万夏却不甚满意，"他认为如此定名这伙人的诗歌，有一种从外貌上自我美化的倾向，这可能导致'诗歌革命'的传统英雄主义，其结局是'革命'不彻底，因此提出了'莽汉'这个名词"。

后来接受杨黎的访谈，李亚伟又有所发挥或补充："万夏是说'猛汉'，我写成草莽的'莽'，莽汉。我说如果要搞一个诗歌流派，发音可以叫'猛汉'，但是事实上是'莽汉'。"[3]这段绕口令，很显然，乃是四川话绕口令。笔者乐于动用语言考古学，向四川方言区以外的读者略做诠释。首先来理解李亚伟的意思——万夏本来是说

---

[1]　《英雄与泼皮》，李亚伟《豪猪的诗篇》，花城出版社2006年版，第223页。下引李亚伟，凡未注明，均见此文。

[2]　借鉴了阿Q的名骂"妈妈的"。

[3]　杨黎《李亚伟访谈》，杨黎编著《灿烂——第三代人的写作与生活》，青海人民出版社2004年版，第243页。

"猛汉"，经过李亚伟的误听，语义转换为"莽汉"，这是两者之间的"所指偏移"。接着来探讨这样的可能——万夏本来是说"莽汉"，经过李亚伟的误听，语音转换为"猛汉"，这是两者之间的"能指偏移"。总而言之，这是四川方言区内部的一场误会，是成都话和酉阳话的不打不相识。

笔者愿意暂时这样来做小结：如果万夏和李亚伟的回忆都很可靠，而万夏确乎说的"莽汉"，那么万夏就是命名者；如果万夏确乎说的"猛汉"，那么李亚伟就误打误撞地成了连他自己都差点没有回过神来的命名者。

2

对于上文的假设性结论，胡冬却认为，既不是表面上的事实（fact），也不是深埋在事实下的真相（truth）。胡冬现居伦敦，其诗其文，国内甚为罕见。为了重写莽汉诗派的良史，笔者及邓翔，曾多次采访过胡冬。

2020年2月15日，胡冬如是回答邓翔："30多年来，你晓得我真的对此不屑，不耻，几近不闻不问，你晓得，我有更要紧的事要做。我对这种刻板中国语境的形形色色一直是既厌恶又同情，有时只有同情。如果啥了[1]时候我真的写出一篇回忆，那一定不会是心血来潮，而是记忆对往事或者个人史的尊重。我是一个自身的历史学者，我挖掘贮藏在我身内的知识，我考自己的古，直到这个'古'涵盖并连接了古今和东西，成了我手中的耿耿长剑，成了我姓氏中的部分。我走得太远了，因为龙在等我！其他怪物都不配成为我单挑的对手。问你一个问题，以你对我的了解，你觉得'妈妈的诗'，'好汉诗'像是我的修辞吗？在我一夜之间写出《我想乘上一艘慢船

---

[1] 蜀语，意为"什么"。

到巴黎去》的翌日，'莽汉'这个词从我的丹田脱口而出，或喷薄而出，当然这决然的迸发是因为此前有了很多凝聚和贮存，所以莽莽。这里就不多说了，也许将来我会细说吧，那时就尘埃落定了。"可知胡冬写出《我想乘上一艘慢船到巴黎去》在前，提出"莽汉"在后。万夏当时就睡在胡冬家，他见证了得诗的夜晚，以及紧随其后的命名的白昼。

自2020年3月25日至4月3日，笔者也曾多次采访胡冬。4月3日，胡冬如是回答笔者："诗人的经验或曰文字的沧桑，不论生出何种抽象何等理性，它一定不失感性和血肉，它必须跟作品一样在拥有 ethos[1] 和 logos[2] 的同时不失那 pathos[3]，它有时甚至需要失口[4]说出。也可以说词语在这个意义上，在诗人那里道成肉身。'失口'合起来便是'知'这个字，有了'知'才有'失口'，如同曼德尔斯塔姆那句'上帝啊，我失口说出'，是因为上帝这个词他早就了然于胸。'莽汉'这个词语于我也是这样，它是我在一夜井喷的第二天对自己的命名。"可见，这个命名具有即兴性。此前的3月30日，胡冬还曾回答笔者："莽汉于我发端，引爆，肇始，到我用以此获得的气概和驾驭力来停止了莽汉诗的写作，屏息敛气，着手于另一番探索，自始至终都是我个人的突围。现在的我，仍然在这场突围当中。我从来认为诗人独往独来，而不是成群结队。至于我的个人突围影响了其他人，使他们一个个也成了莽汉，至于我的诗开始了病毒般的狂热传染，那完全是我始未料到的事。说真的，我也不太关心。我只关心我自己的语言，也只在这个意义上，我是我自己的莽汉，一直到今天。"可见，从表面上来看，这个诗派似乎具有某种偶然性。

---

[1] 意为"气质"或"风格"。

[2] 意为"道"。

[3] 意为"伤感"或"哀婉感"。

[4] 胡冬对文字极为讲究，应该不是笔误，但是笔者仍然怀疑"失口"当为"矢口"。且引来蜀人扬雄的《法言》："圣人矢口而成言，肆笔而成书。"或许，这两个词，本来就通假。

也许在胡冬看来——要么，莽汉诗派只有他；要么，莽汉诗派与他毫无瓜葛。胡冬既真诚，又孤绝，既清澈，又狐疑，既敞亮，又怪异，既骄傲，又偏执，既正直，又激愤，眼睛里容不下一粒沙子。结果呢，当然，他只能选择游离于这个诗派。这也就是为何，对邓翔，对笔者，胡冬讲了那么多，却又再三表示不愿意被本文提及。但是，胡冬的发言如此珍贵，笔者不得不引来，而且是大段大段地引来。正如邓翔所说，胡冬的有教养，有学养，可谓有口皆碑。出于一种说不清楚的直觉，笔者倾向于采信胡冬的说法。

邓翔还告诉笔者，2008年，他访学剑桥，暂留伦敦，曾与胡冬多次谈及莽汉旧事。胡冬告诉邓翔，在得诗与命名以前，莽汉还有两个更早的来源：其一，1983年暑假，他曾组织一个由8名大学生组成的科学考察队，直奔神农架，搜寻野人（当时已有轰动报道）并体验某种丛林生活；其二，与此参差同时，他读到斯通的一部传记作品《渴望生活》，惊觉应该像凡·高或高更那样改变自己的生活程序，融入乡村或荒岛并参与某种土著生活。在接受笔者采访的时候，胡冬把神农架野人称为"莽汉"；后期印象派三家，除了凡·高和高更，还有塞尚，也被他称为"三莽汉"。邓翔——或者说胡冬——的这些说法，可以旁证于胡冬的两封旧信：一封写于1983年6月30日（暑假开始前），谈及组建科学考察队计划；一份写于1983年9月6日（暑假结束后），谈及《渴望生活》。这两封信，收件人都是万夏，后者幸而保留了原件[1]。

胡冬的这两封信，时间较早，只字未言及"莽汉"或"莽汉诗"。他的说法——正如万夏的说法——仍然缺乏物证意义上的铁证。打破砂锅问到底，不会有共识，也不会有太大的意义。也许目前较为妥善的做法，就是在采信胡冬的同时，采信万夏的另一说法："穿过人民南路，有一条街叫红照壁，胡冬就住这里。我和他是中学同学，一起创办了莽汉流派。所以，从这样的角度理解，这个

---

[1]　参读杨黎编著《灿烂——第三代人的写作与生活》，前揭，第6—9页。

盐市口一带也是中国莽汉主义诗歌的发源地。"[1]这些小地名，均在老成都。

3

现在，笔者要钻出命名权的迷雾，径直进入这个命名的光线。在四川话里面，"猛汉"通常发音为"mònghǎn"，而"莽汉"有两个发音：读作"mānghǎn"，意思是"愣头青"；读作"mànghǎn"，意识是"玩命徒"。也许，还可以牵扯出其他一些近义词：比如"浪子""愤青""阿飞""顽主""歹徒""操哥（超哥）""嬉皮士""古惑仔""痞子""盲流""小流氓""造反派"或"游击队"。不论从哪个角度来释义，这个词都指向了草根与绿林，街巷与江湖，具有强烈的亚文化或非主流色彩。这样的命名方式，不为"审美"，为"审真"，不为"崇高"，为"崇低"，既是"批评"，也是"自我批评"，乃是一种甚为狡黠的让步修辞。

李亚伟后来解释说："如果说当初'莽汉'们对自身有一个设计和谋划，那就是集英雄和泼皮于一体，集好汉和暴徒于一身。"英雄而为泼皮，自然就是非典型英雄；好汉而为暴徒，自然也是非典型好汉。莽汉一边揍别人，一边揍自己，这样就区别于传统意义上的英雄和好汉。莽汉都是大学生，在当时，算是高级知识分子。为了不至于因为羞愧，而丧失掉某种勇气或决心，他们的让步修辞在另外一个方面再次展现魔力："要主动说服、相信和公开认为自己没文化。只有这样，才能找到一个史无前例的起点。"所以说，莽汉，也可以反向地诠释为"伪莽汉"。

万夏和李亚伟，还都曾用诗来诠释这个命名。万夏很早就写有

[1]　万夏《苍蝇馆》，出自柏桦等著《与神语：第三代人批评与自我批评》，中华工商联合出版社2014年版，第116页。

《莽汉》，而李亚伟陆续写有《怒汉》《好汉》和《硬汉》（又题《硬汉们》）。《莽汉》，可视为莽汉的宣言诗："把李逵迅速介绍给每个未婚女子"（在笔者看来，"未婚"，这两个字乃是蛇足）。《硬汉》，也可视为莽汉的宣言诗："我们本来就是／腰间挂着诗篇的豪猪"。万夏和李亚伟的这几首诗，尤其是《莽汉》和《怒汉》，或受到胡冬影响，都用长句，都有瀑布般的冲击力。也许因为风格过于夸饰，表演性太强，这两首诗后来都没有进入作者的诗集。李亚伟的一篇旧文，《莽汉手段》，保留了《莽汉》和《怒汉》的片断。从这些有趣的史料可以看出，"怒汉"也罢，"好汉"也罢，"硬汉"也罢，全都是"莽汉"的近义词。

　　胡冬、万夏和李亚伟，以及后来的若干小莽汉，当时年龄都在二十岁左右。李亚伟的诗，《二十岁》，算是他们的生动群雕："明天就去当和尚剃光头反射秋波和招安／我要走进深山老林走进古代找祖先／要生长尾巴，发生返祖现象／要理解妈妈的生活／要不深沉，不识时务／要酒醉心明白／要疯子口里吐真言"。请注意，这里再次出现了"妈妈的"——正是这个词，让笔者判定，这首诗绝不可能写于1983年，而很有可能写于1984年，亦即李亚伟与万夏见面期间的或其后不久。彼时，诗人实岁二十岁，虚岁二十一岁。巴山蜀水间风俗，向来说实岁不说虚岁。从上文引用的几句来看，"深山老林"云云，还在一定程度上呼应了胡冬所说的莽汉的两个来源。这首诗还另有重要点位，笔者的意思是，它表明了莽汉诗的读者设定："我举着旗帜，发一声呐喊／飞舞着铜锤举着百多斤情诗冲来了／我的后面是调皮的读者、打铁匠和大脚农妇"。诗人用上了《水浒传》或《隋唐演义》式的场景和白描，向"调皮的读者"、"打铁匠"和"大脚农妇"发出了热烈的呼请。这样的读者设定，很明显，早已放弃了所谓的绅士、贵妇、中产阶级和小资产阶级、文艺青年、伪娘、梦幻女学生和一切手指修长的斯文人。

从1984年1月到3月，胡冬和万夏写了不到3个月的莽汉诗。据李亚伟回忆，胡冬得诗20多首，而万夏得诗30多首。4月，万夏选出部分作品，包括《打击乐》，出了个同名打印诗集。"写男人写硬汉！写轰轰隆隆的打击乐！诗人去造大鼓、低音鼓与大号萨克管！"胡冬迄今未出版诗集；万夏后来公开出版的诗集《本质》[1]，很奇怪，几乎没有收录任何莽汉诗。《打击乐》只保留下一些片段，或将失传，这也许恰是万夏乐于见到的结果。后来，万夏又加入了整体主义。从《本质》所收作品来看，他似乎更愿意承认自己属于整体而非莽汉集团，或者说更愿意承认自己整体而非莽汉时期的作品。有些学者不加考辨，引来万夏的整体诗，试图证明莽汉诗的"风雅"，不免再次留下张冠李戴的笑话。

万夏的《打击乐》，是否收录《红瓦》，暂时已经不得而知。据万夏回忆，"《红瓦》是1982年写的"。[2]这个回忆，可能有误。万夏与李亚伟同校同系不同级，有两三年厮混在一起。如果万夏那么早就写出了《红瓦》，李亚伟断无不知道之理。《红瓦》可能写于1984年1月，亦即万夏与胡冬见面以后，与李亚伟见面以前。笔者遍查20世纪80年代巴蜀民刊，始终没有找见这首诗，故而这个问题几乎成了一桩无头公案。

不仅基于以上两种考量，还基于对作品本身的考量，笔者要将胡冬的《我想乘上一艘慢船到巴黎去》视为莽汉诗的开山之篇和奠基之作。这件作品，还有《女人》，都写于1984年1月，很有可能早于万夏的所有莽汉诗。《我想乘上一艘慢船到巴黎去》通过一次虚拟的旅行，将"我"置于"巴黎"，让两种语境发生叠加、交错、混

---

[1]　作家出版社2001年版。

[2]　杨黎《诗人无饭，请喝汤：万夏采访录》，出自杨黎编著《灿烂——第三代人的写作与生活》，前揭，第210页。下引万夏，凡未注明，亦见此文。

淆、对质和驳难。这种粗鲁的行为艺术设想，却成全了11次精细而酣畅的反讽。比如，"我想乘上一艘慢船到巴黎去／去看看凡·高看看波特莱尔看看毕加索／进一步查清楚他们隐瞒的家庭成分／然后把这些混蛋统统枪毙"，将成分论适用于巴黎诗人和艺术家（请注意，赫然包括凡·高），或者说对后者采取中国式处理，在彼岸焕发出来的喜剧性效果，当然恰好来自此岸的悲剧性体验。鉴于这次旅行只是在臆想中推进，只是在文字中推进，也就不免沦落为王一川所说，"文本的狂欢替换了现实的狂欢"[1]。不管怎么样，胡冬的连环反讽，暂时要高于万夏或李亚伟的单调宣泄。若干年以后，作为胡冬的血亲兄弟，郭力家谈到过这首与慢船有关的快诗，并且更加兴奋地称之为"不生锈的诗"："胡冬一首诗，表明一件危险的事儿：青春不需要精明，朝阳奔涌，不计双手倒插荆棘"，"文化现实的贫困和简陋，无力正视和接纳如此喷薄欲出的少年面孔"，"这种从头到脚全面怀疑与背叛既成语境的个人主义绝版英雄，本身就是一部有限人生与无限上帝之间，摸着石头反复接轨的美学巨著"[2]。这个评价，堪称知己式评价，超越一切学者式解读。

　　大约是在1984年2月前后，据李亚伟回忆，"'莽汉'发生了分裂，万夏和胡冬因为生活和行为上的细节开始互相回避，很快发展到两人对诗歌的聚会处——'莽汉'一词的回避，二人分别自得其乐地带着吹嘘的口吻'承认'自己骨子里不是'莽汉'，一个转而苦读古汉语，一个写起了温情小诗"。这就意味着，最迟是在当年3月，莽汉、莽汉诗或莽汉诗派——笔者不太愿意称为"莽汉主义"——的两位元老，胡冬和万夏，已经把一座刚打开的矿山交给了磨刀霍霍的李亚伟。

1　　王一川《中国形象诗学》，上海三联书店1998年版，第261页。
2　　郭力家《新年随笔》，未刊稿。

5

莽汉诗起于成都，续于南充，盛于酉阳；或者说，莽汉诗起于胡冬，续于万夏，盛于李亚伟——"一个诗歌圣战中的英雄，一个天才般的极乐行刑队队长"[1]。

酉阳第三中学，位于丁市（又叫丁家湾），乃是鸡鸣川湘黔的小镇。这里群山环抱，史上盛产土匪，而李亚伟将以何种当代形象示人？按照《毕业分配》的描述，他面容粗黑，穿着狐皮背心，帽子上插着野鸡毛，浑身散发着荷尔蒙，毡房墙壁上还挂着貂皮气枪。据说，他还将胡冬的诗抄贴于蚊帐，日夕持诵，以加速个人的扭转。这个形象，难免夸张，以至于有点像那对名头甚是响亮的猎户兄弟——两头蛇解珍和双尾蝎解宝。但是，他的头与名头，不甘伏于草间，而将昂于天际。

在酉阳，在1984年以前，李亚伟写了哪些作品，现在已经很难查证。连《十八岁》《读大学》和《毕业分配》，后来作者也坦承均非完成于1984年以前。现在较有把握的说法是：到了1984年2月或3月，李亚伟写出了《苏东坡和他的朋友们》《我是中国》和《老张和遮天蔽日的爱情》；同年7月，写出了《硬汉》；同年10月或11月，写出了注定要留名青史的《中文系》。

《中文系》的开篇，就这样写来，"中文系是一条撒满钓饵的大河／浅滩边，一个教授和一群讲师正在撒网／网住的鱼儿／上岸就当助教"。诗人以"大河"为轴，设计了两个语义或喻象系列：一个是教育者系列，主要包括"网""教授""讲师""树桩船的老太婆"、"失效的味精""期末鱼汛""考试的耳光""伟人的剩饭""图书馆""蒋学模主编的那枚深水炸弹"和"忠于杜甫的寡妇"；一个是被教育者系列，主要包括"鱼儿""蠢鲫鱼""傻白鲢""小金

<hr />

[1] 柏桦《左边——毛泽东时代的抒情诗人》，江苏文艺出版社2009年版，第132页。

鱼""小鲫鱼""茶楼""酒馆""细菌""愤怒的波涛""鲨鱼的面孔"和"恶棍"。"树桩船"貌似笔误，经查阅多个版本，均非写作"树桩般"。笔者重读此诗开篇，才悟及"树桩船"对应"大河"，也许恰好是作者的歪打正着，堪称兴奋剂和恶作剧的奇妙结晶。从某个角度来看，就某种程度而言，教育者，被教育者，或是"害马之群"，或是"害群之马"[1]。《中文系》的语义或喻象设计，如果引来钱锺书的"两柄多边说"[2]，将有可能做出一篇关于比喻的大文章。这里暂且从简来说——被教育者被比作"鱼儿"，但是不同的被教育者又分别被比作"蠢鲫鱼""傻白鲢""小金鱼""小鲫鱼"或"鲨鱼"，此之谓比喻的"多边"；期末考试对于教育者来说就是"鱼汛"，对于被教育者来说就是"耳光"，此之谓比喻的"两柄"。教育者具有规定性（被引申为过期性），被教育者具有破坏性（被引申为超前性），前者的荒谬，后者的放肆，似乎已经建立起可怕的因果逻辑。两者既然已经脱节，就随时都可能发生互讽或互怼。这种互讽或互怼的结果，诗人在《给女朋友的一封信》里也已谈及："我的手在知识界已经弄断了"。《中文系》成诗时，李亚伟已经是一名中学教师，但是其心理角色，仍然是一个坏蛋般的中文系学生。也就是说，很不幸，此诗不是一首教育诗，而是一首反教育诗。这首反教育诗的针对性被无穷放大，于是乎，很快成为一个时代的草根喇叭。《中文系》与《我想乘上一艘慢船到巴黎去》，后者生猛，前者调侃，后者更为无畏，前者相对留情。在大家都熟知的这个语境里面，当然只能是前者较为顺利地进入了中文系的文学殿堂。

从1984年到1986年，李亚伟所写莽汉诗，除了上文提及的各篇，至少还有《进行曲》《给女朋友的一封信》《象棋》《沉默》《失眠》《我站着的时候》《高尔基经过吉依别克镇》《司马迁轶事》《生活》《星期天》《世界拥挤》《更年期》《饮酒致敖歌》《85年谋杀案》《好

---

[1] 参读李亚伟《毕业分配》诗句"我们将骑着膘肥体壮的害群之马"。

[2] 参读陈子谦《钱学论》，四川文艺出版社1992年版，第558—582页。

姑娘》《女船长》《打架歌》《岛》和《萨克斯》。这份作品清单，来自李亚伟公开发行的四部诗集。这些诗集，均将莽汉诗单独编为一个小辑。这个小辑的名称，也很奇怪，前三次都叫"好汉的诗"，第四次才叫"莽汉的诗"[1]。这份作品清单以外，李亚伟还写有大量莽汉诗，主要发表于各类民刊，但是后来都见弃于作者。无论如何，这些作品足以证明，李亚伟天生就是一个莽汉。胡冬和万夏，不过是打开笼子，放出了这只吊睛白额大虫而已。万夏就曾老实地承认："没得李亚伟，当时的莽汉主义就终止了。"

6

　　李亚伟的《中文系》，具有显而易见的传记特征。诗中人物，都来自作者曾经就读的中文系。其中，胡玉、敖歌和小绵阳（又叫小绵羊），是李亚伟的同学；万夏和杨洋（又叫杨杨或洋洋），是李亚伟的师弟。1984年3月2日，李亚伟给胡玉写了一封信："把你的长篇大哭放下，写一点男人的诗，兄弟们一起在这个国家复辟男子汉，从而打倒全国人民写的妈妈诗。名字暂定为莽汉，这种鸟诗我们暂定半年合同，签到人都是些还来不及刮胡须的男人，把一切都弄来下酒！"[2]据李亚伟回忆，这种信，他还同时写给了其他兄弟伙——比如被开除后回到雅安的马松，他的父母供职于当地四川农学院。马松（又叫神子），1963年生于雅安，1979年考入南充师范学院。马松是在数学系，故而他的身影，没有出现在《中文系》。胡玉与马松，都是李亚伟的铁杆哥们儿。毫无疑问，李亚伟随信寄给他们的，

[1]　参读《豪猪的诗篇》，前揭；《红色岁月》，秀威资讯科技公司2013年版；《李亚伟诗选》，长江文艺出版社2015年版；《酒中的窗户：李亚伟集1984—2015》，作家出版社2017年版。

[2]　转引自霍俊明《先锋诗歌与地方性知识》，山东文艺出版社2017年版，第230页。

还有新鲜出炉的李氏莽汉诗。胡冬和万夏的离去，并没有导致莽汉诗派的解体。就在李亚伟的四周，迅速聚集起了一群小李逵，都已在语言中——也在生活中——找到他们的板斧（铁板斧或纸板斧）。

向南充和雅安，李亚伟发出了英雄帖；在酉阳，他也迅速建立了莽汉小本营。跑步而来的当地莽汉，应该提及蔡利华、牟真理和梁乐。蔡利华（又叫蔡逸轩或南回归线），1958年生于酉阳，1978年考入涪陵水电学校，1981年分配到涪陵水电局。酉阳县，就辖于涪陵专区。牟真理（又叫二毛），1962年生于酉阳，1979年考入涪陵师范专科学校，1982年分配到酉阳第四中学。梁乐，1963年生于酉阳，1980年考入重庆医学院，1985年分配到湖北十堰妇幼保健院。蔡利华是知青，也是莽汉的老大哥，他认识李亚伟的时候后者只有十一二岁。二毛和梁乐则是李亚伟的中学同学，梁乐还是他的表弟。梁乐或写过《祖父》和《中医》，但是，笔者始终没有找到过他的任何文字。二毛所在的第四中学，邻于第三中学。李亚伟晚来一年，不妨碍他与二毛成为彼时彼地最铁的酒肉朋友。二毛对莽汉诗先是有所怀疑，两三个月后，发生了一百八十度大转弯。1984年4月或5月，他居然弄来了一架油印机，像被勾了魂，与李亚伟一起炮制汉语的烈酒。

从成都到南充，从酉阳到雅安，各路莽汉很快就蜂拥而云集。这帮家伙睡眼惺忪，醉眼迷离，却都是"无法无天的语言新手、艺术童子和恋爱中的小老虎、写作上的初生牛犊"，正如李亚伟所热望的那样，他们很快"为莽汉诗增加了胃口和大鱼大肉般的收成"[1]。

1984年6月10日，在雅安，马松迎来了22岁生日。8月24日，他写出了《生日》（又题《生日进行曲》）。就在此后两三天，李亚伟、胡玉和梁乐巡逻到了雅安。这是酒神的节日，诗神的节日，也是莽汉的节日。马松很快就喝高，他忽然站上酒桌，大声武气地朗

---

[1] 李亚伟《流浪途中的"莽汉主义"》，李亚伟《豪猪的诗篇》，前揭，第214、219页。

诵了《生日》："我起飞了/天空的睡沫里/我投胎成一张船票/对着标本似的云/交换着我的罗浮宫和脸孔/我露出牙齿心脏直肠/争先恐后同鱼互相出卖/我坠毁了/我看到我的体形擦满了鞋油/走向赤道/把路/套在脚上走成拖鞋"。这种方式，被称为"酒桌朗诵"，后来成为莽汉诗派的一个小传统。马松的这首《生日》，让李亚伟认定，正是莽汉诗已经极大丰富的标志。过了几天，马松又写出了《咖啡馆》。这两首诗，似乎都受着既有莽汉诗的影响。正是顾及此种影响，笔者不得不狠狠心，让马松暂时屈居于胡冬和李亚伟之后。

到了1999年或2000年，马松终于写出天外来诗《灿烂》。"我遇到了灿烂、姹紫和嫣红/我在她们身上左右开弓/看见她们的呻吟如雪/我又遇见了冷和冰/都是我的一妻一妾"。这首诗活色生香，如同神授，但是逾出了文本设定的时间下限。因此，下面的断言只能算是一时手痒，而非文本的题中应有之义：马松正是可与胡冬和李亚伟比肩的天才，《灿烂》正是可与《我想乘上一艘慢船到巴黎去》和《中文系》争锋的莽汉诗经典。看看吧，这位天才走过来了，连李亚伟都要侧身让路。马松到底如何推开胡冬和李亚伟，而终于在人迹罕至的地方实现了自立？笔者认为，《我想乘上一艘慢船到巴黎去》也罢，《中文系》也罢，都是反讽诗。反讽诗，都有一个或若干个反讽对象。此种反讽对象，让莽汉，也能发芽出羞答答的公共知识分子情怀。而《灿烂》，无我无敌，没心没肺，每个字，都天真，每个词，都天真，都被彻底解放，都被一把拉进了"如花似玉"的温柔乡。后来，马松谈到他在写作中达臻的此种妙境："我听见我种在天上的字发出拔节的声音，入耳即化，我想，这就是天籁了，让我欢喜。"[1] 马松有诗文各一篇，都叫《灿烂》。"莽汉的第一哥们儿"，亦即杨黎，后来甚至借走这个标题——他写了一部大书，就叫作《灿烂——第三代人的写作与生活》。

---

[1] 《马松如是说》，《太阳诗报》总第26期，第315页。

在谈到马松和李亚伟的时候，连万夏也不得不降尊："我后来搞[1]多了，就觉得不自然了，觉得做作，所以就不搞。但李亚伟和马松，我觉得他们完全是骨头里面的硬汉。这么多年了，我们回头再来看，我和胡冬只是一根点燃的导火线，真正的炸弹还是他们。"

7

莽汉诗派并没有创办所谓同仁刊物《莽汉》，也没有创办其他流派性质的刊物。早期莽汉诗大都发表在墙壁上、书信里和酒桌旁，并通过抄写、复写、铁笔刻写、油印、铅印或打印的方式制作诗集。此类诗集，据说"不下两打"[2]。除了前文曾有提及的《打击乐》，还有《手虫诗》《飞碟进行曲》《诗选》《侠客》《峡谷酒店》和《闯荡江湖》，可能还有《莽汉》《好汉》《怒汉》和《男子汉的诗》。这些手工诗集的作者，有的是万夏，有的是李亚伟，有的则是多位莽汉。李亚伟还与二毛合编过《恐龙蛋》，据说收录过欧阳江河、张枣、柏桦和周伦佑的作品。请注意，李亚伟的《恐龙》写到了"最后一条恐龙"，而马松的《咖啡馆》写到了"恐龙蛋"。《恐龙蛋》是刊物，还是诗选呢？恐怕连专业的文献学家也难以判定。这类诗集或诗选，通常只印几册几十册，只寄给莽汉，或莽汉的若干酒肉诗友。

这里需要说几句题外话：莽汉的书信和作品，当时就寄给过东北的郭力家。郭力家，1959年（另说1958年）生于长春，1978年考入东北师范大学，1982年分配到吉林省公安厅。从胡冬和万夏，到李亚伟和马松，在心坎儿里，早已将郭力家视为外省莽汉，或编外莽汉，"突然收到东北郭力家的来信，见字就知道是推金山、倒玉柱

1　意为"写作莽汉诗"。
2　巴铁《"巴蜀现代诗群"论》，《巴蜀现代诗群》，1987年，第99页。

的兄弟"[1]。万夏的《吕布之香》，就题献给郭力家。笔者也非常乐意，将郭力家的《特种兵》，视为莽汉诗的第四经典。

前述莽汉诗派早期文献，多已湮没无存。现存早期文献，与莽汉有关，值得注意的有四种。其一，是《现代诗内部交流资料》(1985)。这份民刊在"诗窗"栏目这样介绍"莽汉主义"："'莽汉'诗人们在对诗的追求上，无所谓对现实的超越与否，忽略对世界现象或本质的否定或肯定"，"诗人们唯一关心的是以诗人自身——'我'为楔子，对世界进行全面地、最直接地介入"，"以为诗就是'最天才的鬼想象、最武断的认为和最不要脸的夸张'"[2]。这段文字出自万夏（引语出自李亚伟），除了上文所引，还特别提醒该刊已精选推出马松、胡冬、李亚伟和陈东的莽汉诗。这个名单里面没有万夏，但是万夏却同时在此刊发表了《黥妇》。这个很容易被忽视的细节表明：万夏已转入整体主义，而《黥妇》，他自度并非莽汉诗。其二，是《诗歌报》总第51期 (1986)。此报的现代诗群体大展，推出了李亚伟的《莽汉宣言》及《中文系》。此报同时注明，莽汉诗派的成员，包括万夏、胡玉、二毛、袁媛、郭力家、胡冬、梁乐、柳箭、马松和李亚伟。《莽汉宣言》声称："捣乱、破坏以至炸毁封闭式或假开放的文化心理结构"，"极力避免博学和高深，反对那种对诗的冥思苦想似的苛刻获得"，"坚持意象的清新、语感的突破，尤重视使情绪在复杂中朝向简明以引起最大范围的共鸣，使诗歌免受抽象之苦"，"以前所未有的亲切感、平常感及大范围链锁似的幽默来体现当代人对人类自身生存状态的极度敏感"[3]。这篇文字，写于1986年8月25日。李亚伟不擅理论，此类文字，真是赶鸭子上架。胡冬倒是此中高手，脚踏中西，却已隐逸，这是闲话不提。其三，是《巴蜀现代诗群》(1987)。此刊发表了李亚伟的《莽汉手段》，把莽汉等

1　马松《灿烂》，柏桦等著《与神语：第三代人批评与自我批评》，前揭，第172页。下引马松，亦见此文。

2　《现代诗内部交流资料》，1985年1月，第41页。

3　《诗歌报》总第51期，1986年10月21日。

同于"反英雄"和"非理性人物",把莽汉诗定义为"严肃的惹是生非"和"扇向黎明的耳光"[1]。其四,是《中国现代主义诗群大观》(1986—1988)。这部书基于《诗歌报》和《深圳青年报》,自1986年10月,陆续推出的现代诗群体大展。此书所收《莽汉主义宣言》,亦即《诗歌报》所刊《莽汉宣言》。哪怕蛇足,也要主义,倒也是80年代风尚。至于莽汉诗派的成员,此书去掉了郭力家,增加了刘永馨。很多莽汉(尤其是女莽汉),已经消隐无踪,其作品,也已湮没无存。

据说,带头莽汉李亚伟已筹备多年,想要编纂出版《莽汉诗全集》或《莽汉诗文全集》。如果此书能够及时面世,莽汉诗将会剔除深海,从而显现出近乎完整的巨型冰山。

8

莽汉诗严重散轶,还有其他原因。比如,莽汉主义运动并非单调的诗之革命,还是丰富的行为和生活之革命。李亚伟后来也特别强调,莽汉主义,"从一开始就不仅仅是诗歌,它更大的范围应该是行为或生活方式"。类似的话,其他莽汉也曾反复说过。莽汉主义运动,耽于拉冈所谓"绝爽"(jouissance)或"白痴绝爽"(jouissance of the idiot),亦即"真实域"(the real)与"现实"(reality)之间的"欲望张力"。王德威曾把两者的错综,传神地描绘为"痛与快交相为用"[2]。莽汉主义运动耽于这个过程,而非这个过程的任何副产品。毫无疑问,莽汉诗正是此类副产品,随时都有可能被弃如烟头或空酒瓶。胡冬、马松、胡玉和梁乐都听任散轶,迄今都没有——或拒

[1] 《巴蜀现代诗群》,前揭,第47—48页。
[2] 王德威《杨小滨视野下的拉冈》,参读杨小滨《欲望与绝爽:拉冈视野下的当代华语文学与文化》,麦田出版公司2013年版,第6页。

绝——出版诗集。与诗或诗集相比，莽汉的行为或生活，更具有绝爽和白痴绝爽的特征。此类行为，此类生活，主要包括以下诸端：作弊、旷课、逃学、吃茶、喝酒、打架、泡妞、跳舞、结社、行吟、游荡、光头、恶作剧、唱歌与弹吉他、奇装异服（比如火箭皮鞋或翻领花衬衣）和各种声色犬马，总而言之，就是要火飘飘地给四肢、肠胃、性器和各种压抑感以热烈的交代。

马松就曾经回忆起他的"左拥右抱"：一个是丝厂里的"飞妹"，一个是校园里的"毛妹"；李亚伟也曾回忆起他的"脚踩两只船"：一个是医专的"拉手风琴"的"女娃子"，一个是师院的"很正派"的"学生干部"。他们的这种回忆，甜蜜，夸张，坦诚，充满遗憾，而又不无自得。此类行为和生活的副产品，笔者乐于举出李亚伟的《好姑娘》《美女和宝马》和《破碎的女子》。

与泡妞相比，打架更容易。"一个月至少打几次群架"。热血上头，最数马松。要讲打架的故事，先要讲装病的故事。在大学二年级的某日，马松忽然觉得不好玩，想要休学，然后留级。他需要一张神经衰弱病情证明，就找到外语系的校花，校花找到她的父亲——也就是精神病院副院长。"老医生检测我，问：'你平常睡不着觉吗？'我眼睛直将起来答：'刚刚吃完饭。'又问：'平常头痛吗？'我说：'我不喜欢洗脚。'反正就是答非所问。他狐疑地看我很久，终于下笔签了。"这个故事，本身就是一次令人绝倒的行为艺术，包含了佯装、窃喜、挑衅和兵不厌诈。马松终于如愿以偿，从79级降到80级。当他再次回到南充师范学院，就径直加入了学校的拳击队——李亚伟和胡玉正好也在这个拳击队。在1983年5月前后，李亚伟行将毕业，却参加了由马松挑起的一次大型群殴：30多个大学生与40多个校外小流氓对打，涉及一条街道、两家工厂和三所大学。李亚伟后来这样写道，"可我身上的血想出去\想瞧瞧其他血是怎么回事"。这场对打，让马松、李亚伟和扬帆进了拘留所——就在两年前的1981年，万夏、石方、胡玉、扬帆和邓曙光去跳迪斯科，与隔壁一伙人发生争执，他们居然砍下了对方一个人的小手指。

这场对打，曾让万夏和石方进过拘留所[1]。1983年5月这次大型群殴的结果，或者说后果，当然就更为严重：马松、石方、尹家成被勒令退学，李亚伟、扬帆、胡玉被记大过，李亚林被严重警告，敖歌和小绵阳被留级（其后小绵阳仍被开除）。马松、李亚伟和扬帆出来以后，在痛饮以前，拍过一张合影。这张合影后来被视为中文系全家福——《中文系》写及的所有人物，都可以见于这张貌似中规中矩的照片。此类行为和生活的副产品，笔者乐于举出李亚伟的《打架歌》。这个打架故事，奇妙地，还与前述泡妞故事相镶嵌。师院的宿舍楼与拘留所，居然只隔着一个围墙。李亚伟被关进拘留所以后，李亚林找到"手风琴"，把她带上宿舍楼，向着围墙那边的三颗光头，主要是李亚伟的光头，陶然演奏了《吉卜赛之歌》和《西班牙斗牛士》。

与打架相比，喝酒更容易。酒乃是莽汉的圣物、迷信、桃花源和接头暗号，从某种意义上讲，没有酒就一定没有莽汉诗派。据李亚伟告诉敬文东，在写作《硬汉》时，他喝了两瓶酒，睡了两天，醒来改诗，又喝了一瓶酒，再次玉山倾倒。酒鬼在酒量上都爱自吹自擂，这个说法，可能有点儿夸张。比李亚伟更爱喝酒的，还是马松。来之于醉，归之于酒，就是他的日常生活，就是他的长篇小说。马松每次喝酒，几乎都会留下传奇（喜剧或悲剧）。在成都，在玉林西路或窄巷子，翟永明——作为白夜酒吧的老板——曾无数次见证过马松与酒的马拉松，有意者，可以参读《白夜往事：马松》[2]。马松和李亚伟以外，其他所有莽汉，也都是酒中的急先锋和闯将。此类行为和生活的副产品，笔者乐于举出马松的《空虚》和《约》，还有李亚伟的《酒聊》和《酒店》。

至于李亚伟振臂高呼的"闯荡江湖"，在毕业以后，或肄业以

---

[1] 参读万夏自传体小说《秃头青春》（节选），《今天》2012年第3期，总第98期，第21—71页。

[2] 翟永明《白夜谭》，花城出版社2009年版，第71—76页。

后，终于成为大多数莽汉一生的行为或生活：上山下乡，穿州过府，像长毛猛犸或野牛闯入了羊群。万夏大学毕业后，直接拒绝了工作分配。李亚伟和二毛，"心比天高，文章比表妹漂亮"[1]，怎么可能一直待在酉阳第几中学？龙，"妈妈的"，又怎么可能一直待在春水小池塘？李亚伟找来伤湿止痛膏，补好牛仔裤上的破洞，稍作犹豫，就纵身投入了江湖，像鱼和蛇那样从来就不务正业。这些家伙，要向古人学习，像济公那样游方，像佐罗那样游侠，由西南而东北，要结交天下诗友，追求天下乖妹，尝遍天下美食[2]，饮尽天下大酒，在大地上组建了飞扬而不跋扈的莽汉俱乐部（类似于金眼彪施恩的快活林）。"一种将'写作风格'和'生活风格'紧密相连的'漫游性'（flanerie）"[3]：这既是古人的传统，也是红卫兵的遗风。李亚伟曾这样谈到莽汉，"大步走在人生旅程的中途，感到路不够走，女人不够用来爱，世界不够我们拿来生活，病不够我们生，伤口不够我们用来痛，伤口当然也不够我们用来笑"。又曾这样谈到马松，"只要马松还在打架和四处投宿，只要马松还在追逐良家女子以及不停地发疯，只要马松还在流浪，莽汉主义诗歌就在不断问世。他一旦掏点什么给你看就一定会精彩之极，有时是匕首、火药枪，有时是美女照、春药，有时是伤口和脓疮"[4]。当然，在这里，笔者会再次提

---

[1] 李亚伟《天上，人间》，李亚伟《豪猪的诗篇》，前揭，第231页。

[2] 二毛后来在这个方面成了精，是美食的顶级高手，又是菜谱的顶级收藏家。他还专写美食诗，居然也开辟出一块大好天地。"作为一个诗歌老司机，二哥的美食诗，有情、有癖、有色、有禅、有历史、有乡愁、有世故、有机锋、有臆想、有幻觉，整个一桌文字的满汉全席和感官盛宴。"赵野《幸福的人生不过如此》，《二毛美食诗选》，时代文艺出版社2020年版，第4页。

[3] 参读柏桦、余夏云《闯荡江湖——莽汉主义的"漫游性"》，柏桦主编《外国诗歌在中国》，巴蜀书社2008年版，第210页。此文的部分内容，出自柏桦，见于《左边——毛泽东时代的抒情诗人》，江苏文艺出版社2009年版。新增内容，出自余夏云。下引柏桦、余夏云，亦见此文。

[4] 李亚伟《流浪途中的"莽汉主义"》，前揭，第214、218页。

及胡冬。胡冬也离开了巴蜀，离开了天津，最后呢，终于去了他乡异国。那是一个凌晨，火车经满洲，复经西伯利亚，把胡冬送往了欧洲。"越过红军[1]官兵所捍卫和困守的防线，还有身后，火车刚刚突破的另一条强大的父语的防线，在我眼前展开了一个器官般耀眼而壮丽的自然，这个自然就是母语。"[2]这是一条线路：从"成都"到"巴黎"；还有一条并行的线路：从"父语"到"母语"——胡冬按照早就在诗中想好的线路，用火车替代慢船，亲自出演了《我想乘上一艘慢船到巴黎去》。"虚拟的旅行"，变成了"真实的流浪"。当然，他也不免始乱终弃，最终用中年的伦敦取代了青年的巴黎。伦敦，一座狐狸之城，一座狐狸精（foxy lady）之城[3]。他在此写出了为数不少的作品，深邃而惊奇，一举复得汉语风神，却锁藏于伦敦这个铁抽屉，一直不为中国读者轻易得见。此类行为和生活的副产品，笔者乐于举出李亚伟的《闯荡江湖》，马松的《我们流浪汉》，还有胡冬的《给任何人》[4]（作为此处例证也许不一定恰当）。

在莽汉的行为和生活中，"坏"与"青春"难分难解，"毒中之毒"与"花中之花"[5]难分难解。关于这个问题，李亚伟说得好，"我们家伙一硬心肠就软"[6]；马松也说得好，"那时正逢年少，青春锋利，连邪恶都带着一股阳光味"。所以说，莽汉主义运动的欲望，以及欲望张力，正是来自"坏"与"青春"的错综，"硬"与"软"的错综，"邪恶"与"阳光味"的错综，"毒中之毒"与"花中之花"的错综。

---

[1]　这里指苏联红军。

[2]　曹梦琰《词语在深度的流亡之中向母语回归——胡冬访谈》，《滇池》2011年第3期，第50页。

[3]　参读胡冬《狐狸》，未刊稿。

[4]　此诗则不一定完稿于80年代。

[5]　柏桦、余夏云启用这对词语，"毒中之毒"与"花中之花"，来指认金斯伯格的诗集《嚎叫及其他诗》。

[6]　李亚伟《战争》。

　　无论是诗之革命，还是行为和生活之革命，由中国的莽汉，都很容易联想到美国的垮掉派。莽汉诗派那种"名词密集、节奏起伏的长句式诗歌"，与金斯伯格的作品——比如《嚎叫》——具有高度的相似度。两者还有更多的共同特征，比如身剑合一般的人诗合一，比如口语、即兴、叙事性、及物性、反抒情、重金属、幽默感和破坏性。垮掉派的主要成员，金斯堡以外，尚有博罗斯、凯鲁亚克和卡萨蒂。他们的行为和生活，或者说群落特征，比如同性恋、性解放与妇女解放、酗酒、公路亡命、串联、裸体朗诵、愤怒和群居生活，也可以视为放大版或极致版的莽汉。但是，在信仰上，莽汉和垮掉派，似乎走上了相反的道路。

　　莽汉诗派创立前后，或者说，莽汉主义运动发生前后，包括金斯伯格在内的若干垮掉派元老都还健在。但是，莽汉并非垮掉派的中国学徒。据李亚伟回忆，他首次读到垮掉派，已经是1985年的夏天。当时，李亚伟在涪陵，正与杨顺礼、雷鸣雏、何小竹编辑《中国当代实验诗歌》。岛子从西安寄来了《嚎叫》，是他的新译，也有可能是他与他夫人赵琼的合译。"他们被各种院校开除"[1]，金斯伯格所写，怒发冲冠，哀鸿遍野，似乎正是莽汉。李亚伟读到这首长诗，拍案称绝，发出了酉阳式的嚎叫："他妈的，原来美国还有一个老莽汉。"所以说，垮掉派并非莽汉的上游。在两者之间，没有影响可言，只能展开所谓平行研究。

　　但是，客观上，不排除这样的可能：垮掉派可能强化过莽汉。垮掉派进入汉语较晚，却也赶上了莽汉的"现在进行时态"。这里要再次提及胡玉，当年，他以这样的佳句名动江湖："我抱着一家铁匠铺向你

----

[1] 《中国当代实验诗歌》，1985年7月，第73页。下引《嚎叫》，亦见此刊。

冲去"。这个佳句，出自《求爱宣言》（又题《男人的求婚宣言书》）。但是，他的《大鼓连奏》，除了受到万夏《打击乐》，定然还有金斯堡《嚎叫》的影响。来读《大鼓连奏》："我……从生活的一个侧面看到一代被疯狂摧残的思想"；再来读岛子所译《嚎叫》："我看见我们一代人的最好头脑已被疯狂所摧毁"。正是基于这样的比较，笔者有理由相信，《大鼓连奏》写于《中国当代实验诗歌》印行以后。

也不排除这样的可能：莽汉或曾受惠于惠特曼。惠特曼进入汉语较早，曾经影响过郭沫若。《我自己的歌》，很长，随便截取，都可以挪用做莽汉的猎猎旌旗。这里姑且引来一个稍晚的译本，"沃尔特·惠特曼，一个宇宙，曼哈顿的儿子，/狂乱，肥壮，酷好声色，能吃，能喝，又能繁殖"[1]。有意思的是，惠特曼，正好被追认为垮掉派之父。如果说金斯伯格是个"洋莽汉"，那么惠特曼既是个"洋莽汉"，又是个真资格的"老莽汉"。

10

李亚伟对莽汉诗，以及莽汉诗派，很早就有异乎寻常而非常清醒的反省。为了说清楚这个问题，必须再次提及《莽汉手段》。这篇文章写得匆忙而粗糙，但堪称见解不凡。其一，他认为莽汉所恃"乃一种破坏语言的语言"；其二，他认为莽汉诗"可能是一种短暂的语言现象"；其三，他认为应该中断所谓莽汉诗派，因为"越是新奇有冲击力的东西，到头来越容易成为圈套"。李亚伟同时还提及其他几位莽汉，在1986年上半年，提出来的若干说法或建议：比如，二毛强调，"莽汉是不该依赖莽汉诗的"；又如，胡玉和梁乐提议，"该宰掉莽汉了"[2]。"我不知道什么主义"，水电工程师蔡利华，若干

---

[1]　惠特曼《草叶集》，赵萝蕤译，上海译文出版社1991年版，第93页。
[2]　《巴蜀现代诗群》，前揭，第48、50、53页。

年后，也曾如是陈词，"我只是个莽汉而已"[1]。《莽汉手段》写于1986年12月，当其时，李亚伟只有23岁。上帝却给他装配了一颗自我批评的大脑，还有一双老吏般的火眼金睛。莽汉已经遍地繁殖，或加速复制，李亚伟本该大块吃肉大碗喝酒。这位23岁的带头莽汉，"语言的暴发户"[2]，却要摘掉个人的铁帽子，却要拆除众兄弟的野山寨。莽汉的使命，不就是追求新奇吗？他们要再次上路，去追索莽汉以外的新奇（新新奇）。就这样，当然算是个不大也不小的奇迹：李亚伟——此前则有胡冬和万夏——从一场淘金热中拔腿就走，朝向另外的矿山，再次自觉地陷入彻底而无底的孤独。

因而，李亚伟的如下回忆，就没有赘肉般的伤感："到1986年夏天到来前，'莽汉诗歌'作为一种风格，'莽汉主义'作为一种自称的流派已从其作者的创作中逐步消逝。"——是的，莽汉诗派解散，反而充满了自置于死地的极乐和渴望。到了1994年11月17日，老大哥蔡利华，向各散五方的莽汉，送上了迟到的祝福——"混蛋们，一路平安"。

李亚伟有首诗，《武松之死》，让笔者得以借题发挥：莽汉既是打虎武松和行者武松，也是被他斗杀的西门庆，还是被他醉打的蒋门神。武松的暴力美学，西门庆的享乐主义，蒋门神的物质主义，就是莽汉的三张面孔。莽汉不是英雄，而是鬼脸英雄，不是泼皮，而是铁骨泼皮。他们亦庄亦谐，不从正面，从侧面，绷紧了，又缓解了其与某种环境的关系，以及其与某种高蹈的形而上学的关系。因而莽汉诗的痛和痒，大大咧咧，乃是后现代主义之痛，亦是后现代主义之痒。敬文东，还有柏桦和余夏云，有过精准而神采奕奕的抓挠。柏桦和余夏云，在当代文学的范围内，用比较的方法得出了这样的锥心之论："我们已看清了莽汉的激情。它是一种不同于'今

---

[1] 《自序》，蔡利华《重金属的梦魇》，北美中西文化交流协会2009年版，第1页。下引蔡利华，亦见此书。

[2] 《口语和八十年代》，李亚伟《红色岁月》，前揭，第226页。

天'的激情。今天是'道'与'道'的对抗，'理想'与'理想'的交战，莽汉是生活、肉体对'道'的重创，对'道'的焚烧。"顺着这样的思路，当然就可以认为，莽汉正是"器"与"感官"的狂欢。而敬文东，在当代文学的范围外，将莽汉诗派之于当代文学的意义，与80年代之于古老中国的意义相比对，相重叠，从而得出了逾出当代文学，甚至逾出文学的切肤之谈："80年代是古老中国迟到的青春期，它所具有的青春期的修辞特征，和莽汉主义者青春期的修辞现象有着惊人的一致性：80年代的荷尔蒙也正在打瞌睡。"[1]虽然打瞌睡，毕竟荷尔蒙。顺着这样的思路，当然也可以认为，莽汉正是"青春"的狂欢。从某种角度来看，相对于"普通话"，相对于"庙堂"，莽汉还是"方言"[2]与"江湖"的狂欢：没有鼻音，也没有卷舌音，干脆得不分青红皂白，不是破罐子破摔，简直就是搬起石头砸自己的脚。

2020年4月5日

---

[1]　《回忆八十年代或光头与青春》，敬文东《被委以重任的方言》，中国人民大学出版社2003年版，第170页。敬文东的文字，暗地里，回应了李亚伟的这段文字："诗歌是莽汉寄给语言的会诊单，又是语言寄给诗人、酒和伤口的案例，是给全世界美女的加急电报而且不要回电，因为我们的荷尔蒙在应该给我们方向感的时候正在打瞌睡。"李亚伟《流浪途中的"莽汉主义"》，前揭，第219页。

[2]　莽汉诗人甚为依赖和迷恋蜀地方言，此种态度，在后起的蜀地青年诗人中已经非常罕见。

任洪渊汉语文化诗学的本土性反思
——兼及任洪渊的诗歌创作
赵思运

任洪渊似乎从来都不是大红大紫的学者和诗人，正如他特别偏爱的一句话，他是"侧身走过同代人的身边"的人。他总是在别人顺流而下的时刻，上下溯源，侧身旁观，唯此，方可洞悉历史真相与文化真相。他的三部曲：《女娲的语言——诗与诗学合集》《墨写的黄河：汉语文化诗学导论》《汉语红移——多文体书写的汉语文化哲学》，将汉语置于法语、德语、英语、俄语的视野之内，通过对古代汉语的再解读，让东西方语言、文化、诗学、哲学等层面互相发现、互相体认，互相激活，逐渐清晰地呈现出汉语文化诗学的个案，为汉语诗学的发展勾勒出一幅醒目的剪影。同时，任洪渊以形质兼美的诗作，充分践行了他的文化诗学理想。其论其诗，形成精妙的互文关系，相得益彰。

一、任洪渊汉语文化诗学的发生

任洪渊的汉语文化诗学，指的是以汉语为载体、以诗性智慧为核心的文化哲学，具有属人的性质，而不是语言的工具哲学。其逻辑起点是人与语言同在，倡导"词语的器官化和器官化的词语"。[1]正如卡西尔所言："心智把词语和意象都用作自己的器官，从而认识出

---

[1] 任洪渊：《汉语红移——多文体书写的汉语文化哲学》，北京：北京师范大学出版社2010年，第231页。

它们真实的面目：心智自己的自我显现形式。"[1]

任洪渊的汉语诗性文化哲学建立在对于工具理性进行反思的前提之上。他质疑"所有的历史都是工具史"的历史观对于人和工具关系的荒谬倒置，指出我们的生命不能仅由工具和工具理性来界定，"完整的生命还有头脑，心灵，上半身，以及，下半身"。[2]工具具有可复制性，但是，那不可重生性、遗传性和移植性的，才是生命的第一要义。在最初的意义上，"物"应该趋向于"物的人化"，使"物"具有属人的性质。然而，在历史的进展中，物已不再是从第二自然返回到第一自然，因而造成的悲剧境遇是——人既迷失了自我主体，又迷失了对象。

任洪渊的汉语文化诗学的诞生，也根植于他个人的精神人格的发生，根植于任洪渊独特的人生命运的体悟。任洪渊1937年阴历八月十四日生于四川邛崃白沫江乐善桥上游的一处民居里。"他出生的时候，父亲在国民党的成都监狱。不满周岁，父亲已经远在太行山抗日根据地。他的童年父亲不在场。"任洪渊被指认命里"上克父母"，"6岁，就面对母亲青春自祭的悲剧"，"一个生来没有母亲情结没有父亲仇结的男孩，怎样非弗洛伊德地长大"？[3]在任洪渊的人性基因里，有两大特点：第一，正如他的名字的构成一样，他对水、雪等意象十分敏感，此乃自恋式审视的表现；第二，他强烈的自卑情结与天才情结交织。自卑情结导致他的内敛性格。而天才情结的郁结带来强烈的自恋倾向。无论是在蜀才小学还是在平落小学，无论是在敬亭中学还是武昌实验中学，他的成绩总是出类拔萃的，这就养成了任洪渊的天才情结，"不管是自我肯定中的群体认同，还是

---

[1] [德]恩斯特·卡西尔（Ernst Cassirer）：《语言与神话·隐喻的力量》，于晓等译，北京：生活·读书·新知三联书店1988年，第115页。

[2] 任洪渊：《汉语红移——多文体书写的汉语文化哲学》，北京：北京师范大学出版社2010年，第31页。

[3] 任洪渊：《他从几代人的身旁走过：任洪渊小传》，《传记文学》2017年10—11期。

群体认同中的自我肯定，他开始在数学中寻找自己的角色、位置、名义、身份，甚至身世的谱系。"[1]对于一个与父母无法沟通的孤独的孩子来说，他就特别注重孤独空间里的内倾性体验，他特别注重在幻想世界里重构自己的精神空间，以文字作为自我精神的载体。在平落小学，任洪渊开始了他的"有声书写"，"也就是说，即使在他日的文本上，他的词语不仅是写给眼睛看的，也同时是说给耳朵听的，是笔下的，也同时是上口的——他的词语继续响在动在书页间，也可以随时从书卷回到唇齿中，因为那是始终带着他的呼吸、心跳、体温的词语"。[2]他的带有自叙传色彩的诗歌《1972黄昏未名湖》（一稿写于1972年，二稿写于2012年）即是一个很好的佐证。具有天才情结的任洪渊写下这样的句子："从我天骄的风姿，风华，风仪／到天成的人格，天纵锋芒的词语"。这个天才的孤高自恋的诗人面对未名湖的时候，就像在水边自恋的少年那喀索斯，未名湖就是一个纯美象征。未名湖也跟任洪渊的名字一样"含水"，未名湖是烟波的西施，"多一半是个体之上的家和国"。这高度人格化、象征化的未名湖，以"爱的绝对命令""以身体的语法和身体的词法／给我的名词第一次命名／动词第一推动，形容词第一形容"，成为任洪渊确证自我精神人格的唯一载体，"我守住满湖未名的涟漪，和她／等待我命名的眼波，守住自己"。诗中隐含的天才情结借助那喀索斯原型，展开了个体主体性反思与确证。

任洪渊把"语言文字"视作自己的生命载体和生命器官。在他看来，词语是身体的、器官的、生命的。他的汉语文化诗学萌芽的发生实乃基于个体的生命发育。也正因此，他才做出如此精彩的判断："那种仅仅是哲学的概念分娩概念，诗学的意象孕育意象，都不

---

[1]　任洪渊：《他从几代人的身旁走过：任洪渊小传》，《传记文学》2017年第10—11期。

[2]　任洪渊：《他从几代人的身旁走过：任洪渊小传》，《传记文学》2017年第10—11期。

过是名词命名名词、动词推动动词、形容词形容形容词的逻辑生殖与想象生殖，一种语言衰退的单性繁殖。"[1]"无性的写作和文本是生命残败的写作和文本。"[2]任洪渊的汉语诗性文化哲学，凸显了语言的"主体性"，他说"人在语言的复写／改写中。一个主语诞生的时刻，也就是所有经典和神圣著作中的语言世界颠覆的时刻。回答'我'的召唤，从一切以往文献的瓦解里，自由的词语环绕着'我'重新确定自己的位置、结构、运行的轨道和空间。'我'召回了属于自己的全部名词、动词、形容词，在语言中改变语言，并且在改变语言中改变人和世界"。[3]任洪渊一直看重萨特的自传，而萨特自传的书名就叫《词语》，凸显了词语的"主体"性质。

作为文化诗学理论家的任洪渊，和作为诗人的任洪渊，是同步发生的；他的文化诗学理论与他的诗歌创作也是同步发生的，二者可以进行互文解读。正是因为任洪渊如此清晰的哲学思考，他的诗歌创作才豁显出自我主体性。他的《象1 人首蛇身》（1983年一稿，1994年二稿）写道：

> 人首／蛇身／我的遗像，刻在／远古的墓壁和石器上／害怕遗忘／……／我终于从野兽的躯体上／探出了人的头／ 我在太阳下看见了自己／ 太阳在我的眼睛里看见了太阳／／我靠爬虫的蠕动／靠野兽的爪和蹄／走出洞穴／走出森林／我不得不借助野兽的腿／逃出兽群和野蛮／我只能在野兽的脊骨上／第一次支撑人的头颅的重量／人首蛇身／……／在人和兽之间／我已经抬起的头／／不能垂下，这一轮反照

---

[1] 任洪渊：《汉语红移——多文体书写的汉语文化哲学》，北京：北京师范大学出版社2010年，第247页。

[2] 任洪渊：《汉语红移——多文体书写的汉语文化哲学》，北京：北京师范大学出版社2010年，第247页。

[3] 任洪渊：《汉语红移——多文体书写的汉语文化哲学》，北京：北京师范大学出版社2010年，第246—247页。

自己的太阳[1]

　　诗中以第一人称"我"，个人的主体性借助"人首蛇身"的神话原型审视自己，使自我主体性得以确认并彰显。很多时候，任洪渊笔下的文化意象与诗人自我主体构成了主客交融的物我合体，"自然的人化"充分实现了"人化的自然"。比如：

　　土地伸展，伸展成我的／肌肤，温暖在风外在霜外／草木蔓延，蔓延成我的／黑发，在我的头上摇落星月和四季／雨露，一滴一滴，滴落成清泪／从我的脸上开始洗雪，恸哭，悲悼／天空上升，上升／我眼睛的天空／我的天色与眼色，一色／我的天象与心象，同象／我的天际就是我的额际，无际／没有最后的边疆／／天／地／太阳／展开了我的形象[2]

　　我看见了我的天地，叫出了我的天地／我的天地看见了我，叫出了我／／我的身体与天地一体，同体延伸／天地的边际就是我肌肤的边际／万物在我的脸上寻找它的表情／在我的肢体寻找它的姿势[3]

　　任洪渊的诗均为"有我之境"，无论是对物象的状写，还是关于文化原型的隐喻，都带有鲜明的"属人"性质，刻印出诗人个体灵魂搏斗的痕迹，呈现出丰沛的自我主体形象。

---

[1]　任洪渊：《任洪渊的诗》，北京：北京师范大学出版社2016年，第145—147页。

[2]　任洪渊：《任洪渊的诗》，北京：北京师范大学出版社2016年，第151页。

[3]　任洪渊：《任洪渊的诗》，北京：北京师范大学出版社2016年，第7—8页。

二、汉语诗性智慧自由空间的开启及所受阻拒

确立了汉语文化诗学的属人性质这一逻辑起点之后，任洪渊对汉语智慧的发展历程做了精确的概括。他发现，汉语智慧在于与其他语言的相遇中开启的三度自由空间，并由此发现了当下汉语的症结。

中国曾经的龙飞凤舞气象已经消失，在《易》确立了理性秩序和"礼"之后，老子庄子的蝶、鲲、鹏，飞越了青铜代表的秩序，以"道"的羽翼开启了汉语的第一度自由空间。

在魏晋时期，汉语和梵语相遇形成了充分中国化了的佛——红尘之禅，禅悟开启了汉语的第二度自由空间：汉语的"无"与梵语的"空"构成对应，从老子的"无形""无名"，庄子的"无待""无言"，到慧能的"无念""无相""无住"，形成了中国道的"无"，与印度佛的"空"构成智慧的异国同构。任洪渊独出心裁地发现，佛教一旦中国化，乃成为禅，汉语的根性不在于所谓的超脱的"神"，而在于尘世之禅悟。禅悟的核心在于尘世中人的解放。这也是中华文化之精髓。"无佛、无庙、无经，也无仪式的禅，一下解救了对林泉与科第两不忘情的中国士与仕。"[1]

汉语诗性的第三度自由空间的开启，是汉语红移。红移（red shift）在物理学和天文学领域，指物体的电磁辐射由于某种原因波长增加的现象，在可见光波段，表现为光谱的谱线朝红端移动了一段距离，即波长变长、频率降低。任洪渊由物理学和天文学领域的"红移"，移用到汉语裂变时《红楼梦》对于词语生命的擦亮与彰显，十分恰当而精妙。任洪渊大胆断言："《红楼梦》是18世纪中国的

---

[1] 任洪渊：《汉语红移——多文体书写的汉语文化哲学》，北京：北京师范大学出版社2010年版，第223页。

遗嘱。"[1]之所以有如此断语，我们可以在任洪渊的私人阅读中找到答案。他说："直到这一天，我竟在50岁后把曹雪芹的《红楼梦》读成了一部20岁的书。词语从《红楼梦》里红移，——温润的薛（薛），静静堆起无边缭乱的红芍药（史），开到最灿烂的泪花（林），以及石头吃尽胭脂的红玉（宝玉），突然苏醒了中国人的词语生命。词语的曹雪芹运动开始了。"[2]正是《红楼梦》赋予了那块石头在秩序之外反秩序的自由和空间，赋予它生命的原欲和情根，以生命的"情"对抗儒的"礼"、道的"无"、佛的"空"。曹雪芹不屑于将情根升华到圣爱，而是执着于尘世之爱，执着于生命向下的还原。正是曹雪芹，激活了最古老的汉语世界。汉语的生命之源究竟在哪里？任洪渊在"情本体"的《红楼梦》里找到了答案。

任洪渊一直倡导"一场汉语红移的曹雪芹运动"，再次用汉语对世界言说。但是，曹雪芹的汉语红移运动被20世纪西方主流语言学的工具理性与逻辑思维强行中断。中国传统文化没有创立古希腊哲学的"形式逻辑体系"，也没有文艺复兴之后自然科学的"实验实证的因果论"。因此，任洪渊追问："为什么汉语自身或者没有完成，或者不能完成，或者无须完成由象到形而上的抽象？"[3]到了20世纪，西方的语言转向与汉语传统语言的再次相遇，为汉语的第三次自由空间的开启，提供了启示。如何在殖民文化、后殖民文化语境下，重建、发掘、光大汉语诗性智慧？如何在现代主义、后现代主义语境下，重建本土文化诗学传统？任洪渊在新儒学/新国学与现代主义/后现代主义的二元对立中，拓展出第三选项"汉语文化诗学"。

任洪渊在法语、德语、英语、俄语的视野之内，通过对古代汉

---

[1] 任洪渊：《汉语红移——多文体书写的汉语文化哲学》，北京：北京师范大学出版社2010年，第252页。

[2] 任洪渊：《汉语红移——多文体书写的汉语文化哲学》，北京：北京师范大学出版社2010年，第249页。

[3] 任洪渊：《汉语红移——多文体书写的汉语文化哲学》，北京：北京师范大学出版社2010年，第41页。

语的再解读，提出了一个关乎汉语未来的问题：在巴尔特回到古代汉语的智慧时，我们的现代汉语如何回应巴尔特、如何回应古代汉语的智慧？任洪渊在自问："谁家汉语？为什么我们的汉语天传失传，却传人传外？这不是我们在问巴尔特、德里达，也不是巴尔特、德里达在问我们，而是我们在问我们自己。"[1]

三、在西方的语言转向中重新发现汉语诗性智慧

正是基于个体的生命体验和语言的这种"属人"性质，也正是基于汉语的诗性智慧和西方语言哲学的转向，任洪渊建构了古今中外互参的理论反思视野，在中国和西方两条相异的发展路向对比中，展开反思。他的言说理路是在西方的语言转向中，重新发现汉语诗性智慧。言说方法是对西方现代文化哲学与古代汉语文化典籍进行互文式解读与互文式发现。

西方现代哲学发展的趋势是不断打破逻各斯中心而走向非逻各斯中心，重新回到原初的文化源头。当中国现代思想在注目于柏拉图的理念、亚里士多德的逻辑之时，西方现代哲学却在返回"原初的存在"去寻找意义——卡西尔的"先于逻辑的表达方式"回到隐喻和神话，海德格尔的"先行结构"回到"亲在"（dasein）的"此在"家园，维特根斯坦回到"一种语言方式也就意味着一种生活方式"，胡塞尔转向"直观"理论。西方现代语言的表达式由逻各斯中心表达方式转型为隐喻、神话，回到"思想"单元之前的"生命"单元，在"语言"中找回身体与生命的载体。20世纪的西方哲学都试图在苏格拉底前神话时代的希腊去寻根。尼采凭借"最内在的经验发现了历史所具有的唯一譬喻和对应物"——"酒神现象"，由此

---

[1]　任洪渊：《汉语红移——多文体书写的汉语文化哲学》，北京：北京师范大学出版社2010年，第219页。

开启了20世纪隐喻和象的非逻各斯的精神史，他竭力礼赞酒神狄奥尼索斯的生命感觉的释放：[1]尼采找到了酒神狄奥尼索斯，激活了酒神精神；弗洛伊德找到了俄狄浦斯，披示出恋母弑父情结；加缪找到了西西弗斯，点燃了生命意志的反抗精神；马尔库塞找到了俄耳甫斯的歌声和那喀索斯的影子；叶芝找到了丽达与天鹅……他们都在重返希腊，回归苏格拉底哲学前的神话的希腊，寻找生命和命运的表达式。

任洪渊对于西方现代文化哲学的语言转向的发现与概括是独特而准确的。尤其重要的是，任洪渊同时还发现，西方的这种转向最终与古老的汉语文化殊途同归。东西方话语产生了互相体认、镜鉴、会通的效果，这也为古代汉语诗性智慧在当代的挥扬提供了镜鉴资源。任洪渊有一个重要发现："汉语前文字最早的一些符号，竟与拉丁字母如此相似，仿佛出自同一只手天工的写意，它们简直是神迹而非人迹。最后，汉字终究赋形为'近取诸身'的象形，除了汉语是生命第一经验和人体直观的象的语言，不可能有第二个理由。"[2]

海德格尔和德里达都非常崇尚和神往古老中国"不闻逻各斯"和"发展在逻各斯中心体系之外"。海德格尔通过对70多个希腊词语的词源学考古，对90多个拉丁词语的义理疏证，对150多个德语sein（存在）语族的词形重构与再命名之后，慨叹时间是无法界定的，时间是不"存在"于外在的形式，而只存在于"在"。他发明了一个概念dasein（亲在、此在）。"海德格尔从时间的地平线上旷无所终的倦游回返语言原初的家园，简直是一条无距离的归途。时间和语言是海德格尔的同一个家。他也只有一个、只需一个家。"[3]任洪渊特别欣赏陈嘉映与王庆节的一段论说：

---

[1]　[德]尼采：《尼采美学文选·作为艺术的强力意志》，周国平译，北京：生活·读书·新知三联书店1987年，第351页。

[2]　任洪渊：《汉语红移——多文体书写的汉语文化哲学》，北京：北京师范大学出版社2010年，第75页。

[3]　任洪渊：《汉语红移——多文体书写的汉语文化哲学》，北京：北京师范大学出版社2010年，第172页。

就字面上说，"dasein"是由"da"和"sein"构成的。"da"在德文中，指某个确定的地点、时间或状况。但在本书中，海德格尔强调"dasein"的"da"不是存在在"这儿"或"那儿"，而是"存在本身"。就是说，"dasein"把它的"da"带到其随处之所在，"dasein"所到之处皆变成"da"。

"dasein"总是对自己有所确定，但无论"dasein"把自己确定为什么，作为确定者的"dasein"总是超出那被确定了的东西的，这就是所谓"existentia"（去存在、去是）对"essentia"（本质、是什么、所是）的优先地位。[1]

关于这一段讨论，任洪渊说："我几乎读成了现代汉语版的《老子》'第82章'。"[2]任洪渊进而指出，这段话"引我像是走出德意志西南的原始黑森林一样，走出了《存在与时间》，没有迷失在它浩繁的卷帙与德语语法严密的逻辑里。其实，回头一望，海德格尔的'Da'，不就是老子'曰逝'、'曰远'、曰'反'的'曰'？"[3]

很有意思的是，无论是海德格尔对于时间的理解，还是巴尔特对于语言的理解，都不约而同地捻出一个词语："地平线"。海德格尔在慨叹："时间本身是否公开自己即为存在的地平线？"[4]巴尔特这样表述语言结构："像是一条地平线，也就是，既是一个界限又是一

---

[1] 陈嘉映、王庆节：《存在与时间·关于本书一些重要译名的讨论》，见马丁·海德格尔《存在与时间》，北京：生活·读书·新知三联书店1987年，第516—517页。

[2] 任洪渊：《汉语红移——多文体书写的汉语文化哲学》，北京：北京师范大学出版社2010年，第168页。

[3] 任洪渊：《汉语红移——多文体书写的汉语文化哲学》，北京：北京师范大学出版社2010年，第168页。

[4] 马丁·海德格尔：《存在与时间》，陈嘉映、王庆节译，北京：生活·读书·新知三联书店1987年，第513页。

块栖止地。"[1]在这个地平线上，巴尔特寻找到一个词语：写作的"零度"，"零"既是栖息地和终结，亦是开始的界限。他由写作的"零"走向符号学的"空"。巴尔特以"脱衣舞的幻灭"作为隐喻，表达了语言逐渐摆脱"文化"服饰的束缚，而彰显自身的"肉体的绝对贞洁"，在"零度"写作中彰显语言自身的原初存在。巴尔特说："脱去了不协调的和人为的衣衫使裸体意味着女人的一件自然的衣服，从而最终相当于重新恢复了肉体的绝对纯洁"。[2]他又以"埃菲尔铁塔"为象征体，彰显符号学的"空"，"一个词就是一座空的埃菲尔铁塔，空到没有内部和外部，没有表面和深度，你在外部已经进入内部，你走进深度时已经走出表面。空，结构着又解构着自己的语言世界。"[3]巴尔特的"零"和"空"，在实质上接通了老子的"名"和庄子的"卮言"。由此观之，现代汉语确实已经到了向后寻找到自己演万物化万物的"虚"与生万物灭万物的"无"的时候了。

德里达的哲学思想的核心关键词是"解构"（deconstruction）。他以逻各斯的语言方式去反抗与拆解语言的逻各斯，一方面建构在场与缺席、中心与边缘等二元对立的范畴，一方面又在解构这些二元对立的范畴，竭力携带着词语做一场"越野的浪游，无羁的，不后顾也不问所终的浪游。"[4]他发现词语具有一种不断"移心"（decentering）、不断"划界"（delimiting）的"错位的力"（a force of dislocation），不断把旧文字书写成新文字，构成了词语运动的"踪迹"（trace）。这种由词语的"延异"（différance）、"播散"

[1] [法]罗兰·巴尔特：《符号学原理——结构主义文学理论文选·写作的零度》，李幼蒸译，北京：生活·读书·新知三联书店1988年，第67页。

[2] [法]罗兰·巴尔特：《符号学原理——结构主义文学理论文选·写作的零度》，李幼蒸译，北京：生活·读书·新知三联书店1988年，第34页。

[3] 任洪渊：《汉语红移——多文体书写的汉语文化哲学》，北京：北京师范大学出版社2010年，第45页。

[4] 任洪渊：《汉语红移——多文体书写的汉语文化哲学》，北京：北京师范大学出版社2010年，第46页。

（la dissemination）和"涂改"（sous rature）形成的新文字具有文体的不可规定性，既非哲学、亦非文学，实乃跨文体之先河。因此，作为诗人学者的任洪渊，一针见血地认定："而语言的'延异''播散'只属于诗，只属于先于逻辑或者后逃离逻辑的诗。"[1]德里达深深知道，人们的书写最终都会陷入"无"，而且，正是在"无"中，诞生出生生不息的新的书写语言。他说："'思想'（'思想'即被称作'思想'的词）意味着无；它是名词化（substantified）的虚空，是无派生物的自我同一，是力的'延异'的效果，一种话语和意识的虚幻王国。"[2]"是从'无'的意识中，一些事物获得自身的丰富，发生了意义，取得了形状，并由此引出全部语言。"[3]德里达正是在"无"中，从逻各斯的终点返回到智慧的起点，返回到卡西尔的"先于逻辑的概念和表达方式"，返回到海德格尔的"先行结构"，返回到萨特的"先于反思的我思"，返回到伽达默尔的"先入之见"。

当弗朗索瓦·连在古代汉语中发现了迥异于苏格拉底式逻辑的庄子式隐喻而回到希腊原型的时候，任洪渊从现代法语中的3个关键词——罗兰·巴尔特的写作理论的"零"、符号学的"空"，德里达书写的"无"——回到老子的"无名"和庄子的"无言"。任洪渊对二者进行了互文性的解读，并多有互文性发现。巴尔特的"零""空"，德里达的"无"，都与古典汉语中老子庄子的"无名""无言"产生了原初意义的同构。巴尔特的"零""空"，在"转译"着老子的"名可名，非常名"，在"转译"着"无，名天地之始；有，名万物之母。"[4]当德里达在法语中找到书写的"踪迹"时，任洪渊找出庄子的"文"做互文式解读："夫六经，先生之陈迹也，

1　任洪渊：《汉语红移——多文体书写的汉语文化哲学》，北京：北京师范大学出版社2010年，第208页。

2　[法]德里达：《立场》，美国芝加哥大学出版社1967年，第47页。

3　[法]德里达：《书写与差异》，美国芝加哥大学出版社1978年，第8—9页。

4　任继愈译著：《老子新译》，上海：上海古籍出版社1985年，第61—62页。

岂其所以迹哉！……夫迹，履之所出，而迹岂履哉！"[1]对德里达的观点，任洪渊"接着说"，捻出了老子的"逝""远""返"和庄子的"无适"这四个词语所蕴含的永远运动着的"之"字，来回应德里达："之，一：'逝'——是那运行不止的；二：'远'——是那没有最后边界的；三：'返'——是那不断回返原初的；四：'无适'——语言与世界相遇，语言的命名、再命名，也是那不能最后抵达的。"[2]德里达一直在挣脱语言的逻各斯的核心企图，不正是老子庄子汉语里的"逝""远""返""无适"吗？罗兰巴特写作的"零"、符号学的"空"，德里达书写的"无"，与老子的"无名"、庄子的"无言"产生了文化通约。

汉语文化智慧的发展演变与西方文化哲学的语言趋势，构成了十分有意味的"逆向"路径。感性而生机氤氲的汉语曾经是气韵生动的龙飞凤舞文化，经由生生不息的"易"文化，构成了变动的秩序。儒家和道家的双头理性之后，20世纪的中国一直崇尚工具理性和逻辑理性，各种主义之头，一直到现代主义、后现代主义，频繁换代导致汉语智慧无法回归自己的面孔。而西方越来越走向感性和生命观照，打破罗格斯中心主义的牢笼，重返希腊神话时代的生命呈现方式，这着实与中国古代汉语在很大程度上是同构相通的。诗性文化的核心要义在于"属人"性质，在于人的生命的擦亮。从语言原初意义的角度看，所有的语言都是殊途同归。因此，当西哲深情回眸古希腊的神韵时，任洪渊在深情回眸龙飞凤舞、回眸人首蛇身的女娲，回眸庄子的鲲鹏超越。任洪渊呼吁"回到自身：回到女娲的人首蛇身，回到语言的直接现实；始终是野兽脊骨上抬起的人的头颅，也始终是人的头颅下蛇身蜿蜒的岩洞、林莽、野性和血

---

[1] 陈鼓应注译：《庄子今注今译》，北京：中华书局1983年，第389页。

[2] 任洪渊：《汉语红移——多文体书写的汉语文化哲学》，北京：北京师范大学出版社2010年，第48页。

性"。[1]汉语与拉丁语的相遇与对话，使现代汉语重新激活更加自由的生命感，从而语言自身也更加自由灵活。

四、任洪渊汉语文化诗学的文体表达式

任洪渊汉语文化诗学极具文体特色。他一方面是一位优秀学者，致力于汉语诗性文化哲学本土性的理论反思，另一方面又是一位出色的诗人，将其学术思考通过诗歌创作加以实现，二者具有互文性。任洪渊将汉语学、文化学、哲学、自然科学等诸多元素浇筑出一个文化诗学体系，融逻辑性、形象性、抒情性、想象性、科学性为一体，体现了诗性（文学色彩）、哲性（思辨性）、科学性（科学发展的佐证）的高度融合，构成了任洪渊汉语文化诗学独特的诗性表达式。你肯定讶异于任洪渊丰富的自然科学知识：克劳修斯、普朗克的物理学的熵理论，普里戈金的热力学的耗散结构理论，哈恩的现代物理学的裂变理论……比比皆是。他从粒子的运动与词语的运动比较中，发现了共同的"无序、逆向的撞击"导致的"裂变"，将天文学、物理学的"红移现象"恰切地移用到汉语文化诗学，创造出"汉语红移"这一关键词。

作为一位出色的诗人，任洪渊的理论文体毫无滞涩之感，反而是诗意盎然，情采飞扬。下面一段论述性的文字，就体现了典型的任氏风格：

巴尔特文本/本文、语言结构/词语自由的分裂与对峙，都出于法国人的天性：一方面，当巴尔特把文本与语言结构的统治秩序决绝地称作"并不阻止人说话，而是强迫人说话"的"语言法西斯"

---

[1]　任洪渊：《汉语红移——多文体书写的汉语文化哲学》，北京：北京师范大学出版社2010年，第66页。

的时候，他是罗伯斯庇尔的后代，语言的雅各宾，他的词语洋溢着1793年的激情，他必然把一切文本、语言结构的权势与暴力当作巴士底狱，丹东的断头台，拿破仑大炮轰击的雾月等等；而另一方面，当巴尔特把突破文本的本文与解构语言结构的词语自由，倾心地称作"语言的永久革命""语言的乌托邦"的时候，他又是傅立叶的后代，语言的法郎吉，他的词语沉浸于1516年的梦幻，他必然把本文与词语的自由当作最后的乌托邦，永远的乌托邦，在言说中或者在聆听中，让任情游戏的词语来来去去，带去什么，又带来什么。一个传统。巴尔特一旦意识到"文学中的自由力量……取决于作家对语言所做的改变"，照我的理解，他也就把马拉美的"改变语言"与马克思的"改变世界"改变成他的在语言中改变世界。[1]

在整饬缜密而又富有雄辩色彩的行文中，诗思泉涌，想象飞扬。

任洪渊曾经评价过德里达的文体风格："德里达的文本时时间有诗的意象甚至诗的断章。……但是，他宁肯让它们是些散乱在哲学文本中的诗行，而没有独立成为诗的文本。这并非诗人德里达的失败，而是哲学家德里达的胜利"。[2]这简直就是任洪渊的夫子自道。他的《汉语红移——多文体书写的汉语文化哲学》是一部社会科学著作，又恰当地镶嵌进自然科学的元素，同时又是一首长篇散文诗。哲学文体、文论文体、散文诗文体多元兼备。这部著作如果与《任洪渊诗集》进行比较，就会发现他的《汉语红移》中的诗行都与《任洪渊诗集》构成了互文关系。我们举例进行比较。先看《汉语红移》中的一个精彩段落：

---

[1] 任洪渊：《汉语红移——多文体书写的汉语文化哲学》，北京：北京师范大学出版社2010年，第195页。

[2] 任洪渊：《汉语红移——多文体书写的汉语文化哲学》，北京：北京师范大学出版社2010年，第208页。

既然王维的落日，已经永远圆在一个下降的高度，从此，我的每一次日出都在王维的落日下。王维必定是从生存的起点就向往终结的虚无，他才把一轮落日升到如此的高度，并且升得如此圆满，以至成了一个无边的圆。王维的圆，已不在世界之上和生命之外，所有的高度，方向，时间和空间，都沉落在这个圆的无边里。落日向外辐射的光，渐渐内聚，一团自圆、自照、自我熠耀的燃烧。碰响万物的喧嚣，也慢慢沉寂，一种倾听自己的恬静，无思、无言、无问也无答的沉默。王维落日圆的宁静与浑茫，是他的生命达到的无边的空明，却也同时给自己和自己之后的生命设下了一个逃不掉的美的围困：一座光明的坟。因为这是终结。它已静美到不能打破自己。它再也没有第二次的开始和第二度的完成。我的太阳能撞破这个圆吗？我的黄河能涌过这个圆吗？文字一个接一个，灿烂成智慧的黑洞。这是被阅读与被书写的生命虽生犹死的时刻，不得不死的时刻。

我要从我的天边抛下王维的落日。

词语的落日只能由落日的词语击落。[1]

再看一下他对应的诗歌作品《文字 灿烂成智慧的黑洞》：

王维的长河落日依然圆在黄昏
被阅读与被书写的　落日的落日？

当王维把一轮　落日
升到最高最圆的时候
长河再也长不出这个　圆

---

[1]　任洪渊：《汉语红移——多文体书写的汉语文化哲学》，北京：北京师范大学出版社2010年，第244—245页。

黎明再也高不过这个　圆

在日落长河的十字上　无边的圆
所有的高度　方向　沉落在圆的无边
自圆　自照　自我熠耀的燃烧
无思　无言　无问也无答的沉默

空无中的空明　逃离不出的
美的围困　一座光明的坟
终极　完满到不能破出自己
没有第二次的开始第二度的完成

文字　一个接一个
灿烂成智慧的黑洞
我的太阳能撞破这个圆吗？
我的黄河能涌过这个圆吗？[1]

其诗充满着思辨智慧和文学理性，而其论则洋溢着鲜明的意象和飞扬的想象，犹如美文。二者相得益彰。

五、任洪渊提供的镜鉴与思考

现代汉语诗性智慧如何在后现代社会消费与狂欢主导的文化语境下，确立汉语的主体性？在汉语的改写中，在生命的阅读与书写中，如何使现代汉语与古典汉语在诗性智慧层面产生对话？现代汉语诗性智慧如何在回应西方语言哲学的转向中，确立汉语的主体

[1] 任洪渊：《任洪渊的诗》，北京：北京师范大学出版社2016年，第138—139页。

性？在汉语中，英语的庞德找到了诗歌的意象，俄语的爱森斯坦找到了电影蒙太奇，德语的布莱希特找到了戏剧间离，法语的德里达找到了罗格斯中心体系之外的解构理论依据。而汉语的我们，又会在我们的汉语传统中找到什么？"面对斯芬克斯的死亡之问"，任洪渊做出了中国式的回答：

> 我回答 / 我以人首蛇身和洪波九曲的黄河 / 回答，反照天空的龙 / 同风，同云，同天地同四季追赶太阳的运行 / 我是天宇第一次找到人身形态的生命 // 我回答 / 龙远去，隐去 / 我以不远不淫的蛇线，运转 / 成不绝不断的线 "－" "──"，运转 / 成互动两极的点 "："，运转 / 成起点重合终点的圆 "☯"，运转 / 一 从一，到一 / 一切实现与完成在此一身与一生 // 我回答 / 我以长过岁月的蛇线回答 / 以黑陶云纹青铜雷纹的回环，回答 / 以钟鼎甲骨上汉字点画的纵横，回答 / 以没有开始没有终极的墨色一画，回答[1]

在《女娲的语言》里，任洪渊就提出了重返原初语言的自觉。回到嫦娥奔月、回到后羿射日、回到刑天舞干戚，寻找中华民族文化原动力的生命力。"原初"指的是什么？在《汉语红移》里，任洪渊给出了清晰的答案，那就是词语的曹雪芹运动，这才是最终答案。因此，任洪渊特别珍视那篇代表作《词语击落词语 第一次命名的新月 给女儿T.T》，其中一个重要的原因就在于：这是一首元诗，一首关于诗歌的诗歌，关于语言原初表达之诗：

> 那么多文字的 / 明月 压低了我的星空 / 没有一个 / 陨 / 蚀 // 等你的第一声呼叫 月亮 / 抛在我头上的全部月影 / 张若虚的 / 王昌龄的 / 李白的 / 苏轼的 / 一齐坠落 / 天空是你的 第一弯 / 新月 由你升

---

[1] 任洪渊：《任洪渊的诗》，北京：北京师范大学出版社2016年，第157—158页。

起 // 词语击落词语　你 / 一个主语诞生 / 经典　文献　神圣著作 / 崩溃 / 你召回自己的名词　动词　形容词 / 词语围绕你的位置　轨迹遥远碰响的距离 / 语言的新边界 // 你童稚的姿势　还动词第一动力 / 手指及物　每一天 / 在你的手掌上成形　从未完成 / 你还名词第一次命名　你的命名 / 还形容词的第一形容　你的形容 / 你的世界的面貌 / 你的面貌 / 你叫出事物的名字 / 你的名字 // 你的新月　自圆 / 在你的天空 // 几千岁的童年　从今夜终止[1]

　　同样一个月亮，在历史的不断复写过程中，被涂上了厚重的文化釉彩，逐渐失去了月亮最初的能指，而陷入了所指的汪洋大海之中。正是小女儿对月亮的第一次命名，才使得王若虚王昌龄李白苏轼的月亮黯然失色。正是这个幼儿重新擦亮了"月亮"的能指，实现了语言的主体性。

　　我们处于两种传统中，也就是黄灿然说的双重阴影里——一是中国为代表的东方传统文化，二是西方主流语言如德语、法语、英语、俄语等改写的西方现代文化传统。一方面，我们无法回归东方传统，成为自己的"异己"；另一方面，我们是西方文化的"他者"和陌路人。如何找到自己的文化自信？一个有效的途径，寻找西方文化和汉语源头的共同性——隐喻的世纪，象的世纪，回到前逻各斯。早在20世纪30年代，废名、何其芳、戴望舒等人都曾将诗歌的触角延伸在法国的兰波、马拉美等的视野里，同时，再度与晚唐时期的诗歌相遇，重新指认玉谿诗、金荃诗、白石词、梦窗词，意图使现代汉诗与晚唐温李—南宋姜吴传统进行对话、激活、超越，但他们在对历史的复写、重写、改写中，并未建构起汉语新诗的主体性。

　　经过20世纪20—30年代和80年代两次文化领域的"西寻故乡"，

---

[1]　任洪渊：《任洪渊的诗》，北京：北京师范大学出版社2016年，第131—133页。

柏拉图、黑格尔的理念和亚里士多德的逻辑主导了中国的文化思潮。到1989年理性启蒙运动被强迫中断之后，"新儒学""新国学"掀起热潮，但是这些喧嚣带有更多的功利色彩、投机色彩以及非学术性、表演性。这种国际化幻觉和投机主义的所谓本土性，都是一现之昙花。唯有植根汉语智慧的开放性的本土性，才能够避免将"汉语世纪"视为一个简单的文化自信的政治口号。任洪渊在学术研究和诗歌创作双重领域，做出了卓绝的努力，他双脚跨在汉语文化和西方文化逆向发展的两条河岸，在两种文明之河的滋养下，从他的人性基因里生长出来的汉语文化诗学，带着任洪渊个体特有的生命温度，伴随着他特有的灵魂悸动。他以学术与创作互证的方式，彰显出汉语诗性文化哲学的魅力。从1994年到现在，他一直呼吁："是该继续曹雪芹词语红移运动的时候了，在这个世纪末。"[1]25年已经过去了，他的呼吁仍然孤掌难鸣。

---

[1]　任洪渊：《汉语红移——多文体书写的汉语文化哲学》，北京：北京师范大学出版社2010年，第257页。

图书在版编目（CIP）数据

汉语先锋：2019 诗年选 / 沈浩波主编 . -- 北京：
中国友谊出版公司 , 2021.8

ISBN 978-7-5057-5222-1

Ⅰ . ①汉… Ⅱ . ①沈… Ⅲ . ①诗集－中国－当代
Ⅳ . ① I227

中国版本图书馆 CIP 数据核字 (2021) 第 090622 号

书名	汉语先锋：2019 诗年选
作者	沈浩波　主编
出版	中国友谊出版公司
发行	中国友谊出版公司
经销	新华书店
印刷	河北鹏润印刷有限公司
规格	880×1230 毫米　32 开
	11 印张　220 千字
版次	2021 年 8 月第 1 版
印次	2021 年 8 月第 1 次印刷
书号	ISBN 978-7-5057-5222-1
定价	49.00 元
地址	北京市朝阳区西坝河南里 17 号楼
邮编	100028
电话	（010）64678009